無能と蔑まれた貴族の九男は
最強へ至るも、
その自覚がないまま無双する1
Author
メグリくくる
ILLUST
コダマ
JN105362

ラディ・
ブロンゼッツウィスト
眼が良くなるだけのハズレスキル
「鷹鵜眼（ヨクミエルヒトミ）」を持つ
貴族の九男。
「……僕も、兄さんや姉さんたちみたいに、
もっといいスキルだったらよかったのに」

〈スキル進化のための、累積経験値を満たしました〉
〈スキル『鷹鴉眼』は、『[redacted]』に進化しました〉

「解呪魔法、発動」

俺が言葉を口にしたその瞬間。空気が割れる音がした。

俺は掌に、卵を殻ごと握り潰したような感触を得る。

黒い靄にヒビが入っていき、
やがてガラスが粉々に砕けたように木っ端微塵となった。

塵芥となったモンスターの体と共に、
女神の体も落下していく。
彼女が完全に落下する前に俺は跳躍すると、
空中で女神の体を抱きかかえていた。
アエリア
ラディに呪いを解いてもらった女神。
攻撃、補助と様々な魔法の遣い手。

エルマ
食堂でウエイトレスをしていた少女。
店を救ってくれたラディとアエリアに懐き、
行動をともにするようになる。
「エルマはいいのか？　向こうの町の人たちに交じらなくて」
「え？　だってどう考えてもラディたちと一緒にいたほうが安全じゃないですか」

「それは確かに、その通りかもしれませんね」

無能と蔑まれた貴族の九男は
最強へ至るも、
その自覚がないまま無双する

1

CONTENTS

無能と蔑まれた貴族の九男は
最強へ至るも、
その自覚がないまま無双する

1

Author
メグリくくる

ILLUST
コダマ

一章

「みてみて、おとうさま、おかあさま！　ながれぼし、いっぱいっ！」

そう言って僕は、夜空に指を向ける。

僕の言葉を聞いた父と母は、上空に目を向けた。

しかしすぐに、奥歯に何か挟まったような表情で互いに顔を見合わせるのだろう。

そして、僕の記憶の通り、彼らはなんとも言えない表情を浮かべた。

……この後の展開も、僕にはわかっている。

「お、おお。そ、そうだな、ラディ」

「そ、それより、この前の学校のテストの成績はどうだったのかしら？」

記憶通りに、僕の両親は露骨に話題をそらしたのだった。

……これは夢だ。まだ自分がハズレスキル持ちの、無能だと気づく前の。

ラディ・ブロンゼツウィスト。それが僕の名前だ。

家族全員当たりスキル持ちという優良貴族の九男として、僕は生まれた。

……でも僕のスキル『鷹鵜眼《ヨクミエルヒトミ》』は、ハズレスキルだった。

だから僕は、家族からは腫れ物のように扱われていた。

いや、むしろ恐れられている、に近いのかな？


「ラディのスキルは、ただ眼《め》がよくなるだけのもののはずでしょ？」

「無能な癖に、いつも意味不明なこと言いやがって！」

「な、なんなのですか？　ラディ様は、何故《なぜ》そんなことまでおわかりになるんですか！」

「も、妄想です！　いつものラディ様の妄言が始まったんですよ！」


家族だけでなく使用人も、僕と話すのを極端に嫌がった。

先の夢でもわかる通り、僕は自分の親にすら気味悪がられている。いわんや、だ。

……僕は、何も変なことは言ってないのに。

だって僕には、あの時確かに視《み》えていたのだ。

夜空に輝く、一面の星々が。

そしてその星の、更に奥に位置する星の近くで、流れ星が瞬《またた》いたのが。

……でも皆、僕の言うことを信じてくれないんだ。

星の向こうに星があるはずがないって。そんなものはないんだ、って。
まるで、僕だけ違う世界を視ているかのように、誰も僕の言うことを信じてくれない。
何を言っても、それは僕の妄想だと決めつけられた。
あいつはハズレスキル持ちの無能という現実を、受け入れられないのだろう、と。
……でも僕には、確かに視えているのに。
しかし、誰にも信じてもらえないのであれば、何を言っても無意味だろう。
だから僕は、誰かに理解してもらうことを止《や》めた。
自分の視ているものを、共有するのを諦めたのだ。
どうせ、何を言っても誰も信じてくれないしね。
嘆息しながら本を閉じて、僕は蔵書庫の扉を潜《くぐ》って廊下に出る。
幼少期に吐いた妄言と言われているものが原因で、僕は家のものに恐れられていた。
……だからこうやって屋敷にいる時は、なるべく自主的に引きこもってるんだけど。
しかし存外、僕は蔵書庫に引きこもるのが嫌いではない。
確かに、本を読むようになったのは後ろ向きな理由からだ。
しかしそこに書かれている様々な内容は、僕をすぐに魅了した。
……流れ星の原理も、理解できたし。
空想、伝記、戯曲に歴史、医学に経済などなど。

蔵書庫の本という本を夢中で読み漁《あさ》る時間は、僕にとって唯一の癒やしの時間でもある。

でもたまには気分転換をしたいと思い、こうして蔵書庫から出ることもあった。

僕が廊下に出ると、ちょうど二人のメイドがこちらに歩いてくる所に出会う。

彼女たちは僕の姿に気づくと、怯《おび》えたように体を震わせた。

いつものことだと、僕は気にしてない風を装って、そのまま歩いていく。

彼女たちを不用意に怯えさせないよう、窓の外に視線を向けた。

そしてそのまま歩き続けて彼女たちの脇を通り過ぎよう、と思ったのだけれど——

「母様が先日買ったお気に入りの壺《つぼ》が少し汚れているみたいだから、気をつけてね」

「は、はいっ！」

「わ、わかりましたっ！」

メイドたちは飛び上がるようにして、僕の脇を走り出していく。

そして僕の背後から、こんな声が聞こえてきた。

「ね、ねぇ？　どうしてラディ様は、蔵書庫にいたのに壺の汚れに気づいたのかしら？」

「知らないわよ！　かなり距離がある本館のことを、どうして知っているのかなんてっ！」

……普通に今、窓から『視えた』だけなんだけどな。

もう一度窓に目を向けると、ちょうど本館の母の部屋の扉が閉まる所だった。

その部屋の中には、先程僕が視た壺が鎮座している。

僕にはその壺に付着した汚れまで、しっかりと視えていた。
……ま、信じてもらえないなら、意味ないんだけど。
しかし、黙っていれば母に使用人の誰かが怒られるのは自明だった。
よかれと思って伝えたのだが、やはり怖がらせてしまったみたいだ。
……とはいえ、視えているのに何も言わないのは、ちょっと違うと思うし。
過去に執事の横領や、メイドの新人イジメについて両親に伝えたこともある。
伝えた時は信じてもらえなかったが、罪はいずれ暴かれるもの。
それが明るみに出た時、僕は周りの人間から、更に恐れられた。

全く違う場所にいたのに、どうしてお前にはそれがわかったんだ？

『視たまま』を伝えているのに、それが逆に皆との軋轢《あつれき》を生んでいた。
膿《う》んだ傷を視ないようにするかのように、両親も露骨に僕を避けている。
……僕も、兄さんや姉さんたちみたいに、もっといいスキルだったらよかったのに。
もし、戦闘系や内政系のスキルを持って生まれていたらな。

僕の言うことを、誰か信じてくれたのだろうか？

無駄なことだとわかっているものの、そう思わずにはいられない。

……こんな無能なハズレスキルじゃなかったら、皆は僕を受け入れてくれたのかな？

気づけば僕は、裏庭の方に向かっていた。自然と人がいない方へ歩いている。

裏庭の更に端まで歩いていくと、町並みが見下ろせるようになっていた。

僕の屋敷は小高い丘の上に建っており、近くの町の様子がわかるようになっている。

町の中心にある噴水に、繁華街。それから裏路地までここからならつぶさに見えた。

僕はそこから見える景色を、一通り眺めていく。

そして、ある方向へ視線を向けて、一瞬固まった。

でも暫《しばら》くしないうちに、僕は屋敷の方へと戻っていく。

迷わず目的の部屋まで辿《たど》り着くと、中にいた使用人たちが怯えた視線を向けてきた。

「ら、ラディ様！」

「な、何か御用でしょうか？」

「大丈夫。そのまま仕事を続けてて」

そう言うが、彼らは突然登場した僕が気になるのか、まだこちらに注意を向けている。

僕は嘆息して、部屋の棚を物色し始めた。そして、お目当てのものを引っ張り出す。

「救急箱、ですか？」

「どこか、お怪我《けが》でもなさったんでしょうか？」

「だから、大丈夫。怪我したのは、僕じゃないから」

そう言いながら、僕は包帯と傷薬を取り出す。

それらの予備がまだあることを確認してから、僕は救急箱を棚に戻した。

「邪魔しちゃって、ごめん。もう出ていくから」

恐れるような視線とひそひそ話を振り切るように、僕は部屋を後にする。

僕はそのまま屋敷の門を潜り、町の方へと向かっていった。

途中町の人たちともすれ違うが、彼らも一様に僕から眼をそらしていく。

……ここでも、相変わらず僕の扱いは同じか。

そう思いながらも、僕は足早に目的地、裏路地へと向かっていった。

◇◇◇

やがて辿り着いたのは、今にも崩れ落ちそうな一軒家だった。

この家は、元は料理屋か何かだったように見受けられる。

そんなボロ屋を一瞥《いちべつ》した後、僕は特に気にせず家の中へと入っていった。

抜けた床板を避《よ》けつつ、奥へと歩いていく。歩く度、床がギシギシと鳴った。

やがて台所だったであろう場所に辿り着くと、辺りを見回して棚の下にしゃがみ込んだ。

そして建て付けが悪くなっている棚のつまみに手をかけ、引っ張る。

それと同時に、僕は自分の体を棚から引いた。

するとその中から、何かが勢いよく飛び出してくる。

一瞬前まで僕がいた場所に、その何かが飛びかかってきた。

それは、一匹の野良猫だ。

背中の模様が一枚の大きな赤い紅葉《もみじ》のように見えるその猫は、威嚇するように僕を睨《にら》む。

……珍しい柄だな。

そう思いながら、僕は猫の後ろ足に視線を向けた。

「大丈夫。君を襲いに来たわけじゃないから。ただ傷の手当てをさせて欲しいだけなんだ」

そう言うが、猫は背中を山のように盛り上げさせて、変わらず僕を威嚇する。

怪我をしたせいで、気が立っているのだろう。

「家から君が怪我をしているのが見えたんだ。迷ったけど、やっぱり心配になって」

猫の不安を取り除こうと、なるべく優しく聞こえるような声色で話しかけてみた。

でも、普段人間とも上手《うま》く会話できていない僕が、猫相手に上手くいくわけがない。

猫は荒い息を吐き、興奮気味に僕を睨みつけている。

後ろ足の傷口から血が垂れて、僕は思わず猫に向かって手を伸ばした。

その瞬間、猫が僕に向かって飛びかかる。鋭い爪が、僕の手を切り裂いた。

痛みに僕は、一瞬怯《ひる》む。でもそのままの勢いで、僕は猫を抱きかかえることに成功した。

「お願い、お願いだから、大人しくして！」

猫が、僕の腕の中で暴れまわる。爪が振るわれ、手の傷が増えた。

それでも僕は、猫を決して離さない。

「ただの自己満足だってわかってる。でもお願い！　僕に君の手当てをさせてよ！」

この猫が怪我をしていると知った時、僕はこの子をどうしても放っておけなかった。

……この猫も、一人ぼっちだったから。

更にこの猫は、傷を負っていた。

その傷が悪化すれば死んでしまうのは、この猫もわかっているだろう。

それでもこの子は、凛々《りり》しく歩いていた。

その凛々しい姿を視た時、僕はたまらず駆け出していたのだ。

「たとえどこにも味方がいなかったとしても、今だけは僕に君の味方をさせてよ！」

決して二人にはならなくても、一人と一匹で寄り添えることもあるはずだから。

「お願い、生きて！　僕一人ぐらい、君が生きていていいって、思わせてよ！」

誰にも見向きもされない辛《つら》さは、僕も身に染みているから。

僕の必死の説得が伝わったのか、徐々に猫が落ち着きを取り戻していく。

「ありがとう」

傷だらけの手で猫を撫《な》でながら、僕はこの子の傷の手当てをし始めた。

傷薬を塗って、包帯を丁寧に巻いていく。

……やり方は、本で飽きる程読んでいたので知っていた。

……こういう時は、引きこもっててよかったなって、素直にそう思えるな。

「はい、できたよ」

そう言うと猫は元気よく鳴いて、僕の手を舐《な》め始めた。

引っ掻《か》かれてできた傷を猫が舐めて、それが滲《し》みる。僕は我慢するように口元を結んだ。

三度猫を撫でた後に、僕は自分の手に傷薬を塗っていく。

……包帯までは、巻く必要はないか。

使った道具の後始末をして、僕は猫に向かって口を開いた。

「それじゃあ、元気でね。後、ここはもうすぐ崩れるから、別の寝床を見つけなよ」

猫が鳴き、その声を背に僕は自分の家に戻っていく。

◇◇◇

屋敷に戻ると、門の所に馬車が三台停《と》まっていた。

……また母様が何か買ったのかな？　それともどこかの貴族から父様への貢ぎ物？

部屋に飾ってあった壺のように、母は調度品を集めるのが趣味だ。

同じく、父も珍しい品を収集するのに熱を上げている。

買い付けに行くこともあるし、親に取り入りたい連中から貢ぎ物が送られてくることもあった。

おかげで我が家の貯蔵庫は、そういった品で溢《あふ》れかえっている。

もちろん、蔵書庫の本も充実していた。

「ラディ様。おかえりなさいませ」

荷台から荷物を下ろしていた使用人のうち、一人の執事が僕に気づいて一礼した。

彼は心の内の怯えを飲み込むようにして、こちらに向き直る。

「怪我をされておいでですね。すぐに手当てを――」

「大丈夫。薬なら塗ってあるから。それより、これは？」

そう言って僕は、馬車の荷台から下ろされたそれらに目を向ける。

積み荷はすべて、緩衝材と共に箱の中に入れられていた。

使用人たちが箱を一つ一つ、丁寧に開けていく。

「これは先日、旦那様が競売でご購入された品々でございます」

「全部、骨董品《こっとうひん》か何か？」

「いえ。中には奥様への贈り物や、珍しい品もあるとか」

執事がそう言った所で、屋敷の方から人影がこちらにやってきた。父と母だ。

「おお、ようやく届いたか。あの中には、お前へのプレゼントもあるぞ」

「まぁ、それは楽しみですわ！」

楽しそうな両親の表情は、しかし僕の存在に気づいて一瞬で固まる。

母の視線が一瞬、僕の手元に向けられるが、すぐにぎこちない笑みを浮かべた。

「あ、あなた？　そういえば、珍しいものを競り落としたと聞きましたけど」

「お、おお、そうだったそうだった！」

そう言って、二人はそそくさと僕の脇を通り過ぎる。

使用人たちが広げた箱の森を進んでいき、彼らはある箱の前で歩みを止めた。

「見ろ。魔導具だ！」

父が箱の中から取り出したのは、杭《くい》のような、針のような形をしているものだった。

それを見た母は、僕の存在を頭から追い出すように、露骨に父の話に同調する。

「まぁ、これが？　道具によって様々な効果があるっていう、あの？」

父も父で、僕に対して完全に背を向けて、言葉を紡いでいく。

「ああ、そうだ。個人のスキルや魔法に関係なく、力を使えるようになるんだ」

「この魔導具には、一体どんな効果があるんですの？」

「これは凄《すご》いぞ！　ひょっとしたら、神様がお作りになった神具かもしれない」

「まぁ、凄い！　もったいぶらずに、早くその効果を教えてくださいな、あなた」

「こいつはな、利用者と対象の肉体と精神を切り離して封印できるという代物で――」

僕は両親の会話に背を向けて、一人で屋敷の中に戻っていく。

そしていつものように蔵書庫に一人で籠もり、一人で食事を摂《と》った。

両親にすら無視される僕にとって、手にできた傷だけが唯一僕の持ち得るものだった。

◇◇◇

いつものように、僕はまた蔵書庫で一人、読書に励んでいた。

今読んでいるのは、一応医学書に分類される本になる。

なんでも、遺伝子という人間の設計図みたいなものがあるらしい。

だがこの本の著者の世間的な評価は、あまり芳《かんば》しくないみたいだ。

どの内容も荒唐無稽で現実味に欠けていると、他の評論家からは散々な言われよう。

確かに信じられないような内容だが、僕はこうした本の著者へ勝手に親近感を覚える。

……自分の言うことを信じてもらえない辛さは、わかるつもりだからね。

そう思いながら、僕はまた本のページを捲《めく》る。

そうしたたった一人で行う日課が、最近は少し様子が違っていた。それは――
「お前、また来たのか？」
僕がそう言うと、それに応えるように窓際で猫が鳴く。
その猫の背には、紅葉のような模様があった。あの時、僕が手当てした猫だ。
ある日いつものように本を読んでいたら、急に鳴き声が聞こえてきたのだ。
驚きながら僕が窓際に行くと、こいつが中に入れて欲しそうに窓を掻いていた。
中に入れてやったらやったで、僕を無視するように猫は日向《ひなた》ぼっこを始めたのだ。
そしてそれからというもの、こいつはどこからともなくこうして現れるようになった。
そして気づいたら、姿を消している。
……全く、どうやってここまで入り込んでいるんだか。
猫の後ろ足に視線を向けると、そこにはまだ包帯が巻かれている。
でも、この屋敷に忍び込めたということは、そこまで具合は悪くはないのだろう。
だが安易に触らせるつもりはないのか、近づくとすぐに逃げてしまう。
……包帯を巻き直す時と餌をやる時だけは、すぐに寄ってくるんだけど。
現金な奴《やつ》めと思うものの、それはそれでこの猫っぽい感じがして悪い気はしていない。
こうして一人ぼっちの日々が、一人と一匹の時間に変わっていた。
今日も僕は、台所からくすねてきた牛乳を皿に入れて猫に差し出す。

「ほら、持ってきたよ」
猫が鳴き、スルスルと皿の方にやってくる。
牛乳を飲む猫の背中を撫でながら、僕は目を細めていた。
……結局今まで、こいつに名前を付けてやらなかったな。
名前がないと呼ぶのに不便かと思ったけど、ここにはこいつと僕しかいない。
ここで猫といえば、明示的にこの猫のことを指す。特に名前は必要なかった。
……それに、名前を付けたら、いよいよこいつが僕の猫みたいになっちゃうしね。
ハズレスキル持ちの無能な僕が飼い主というのは、こいつのためにならないだろう。
……飼ってもらうなら、もっといい人に拾ってもらうんだぞ。
その猫の傷は順調に治っていき、ついに包帯が取れることとなった。

その次の日。猫は、蔵書庫に姿を現さなかった。

本を広げた机の脇に、持ってきた牛乳が残っている。
本の内容は、猫に関するものだった。
既に夕日が見える窓へ視線を向けながら、僕は落胆する。
……いつかこうなる日が来るって、覚悟していたつもりだったんだけどね。

名前は付けなくとも、あの猫が僕の孤独を癒やしてくれていたという事実を痛感する。

傷が癒えたら用済みだ、というようなタイミングでいなくなったのも、ショックだった。

……でも、それでお前が生きやすくなるなら、そっちの方がいいよね。

それに、頭の切り替えはしやすい。また前のように、一人ぼっちに戻っただけだ。

そう思いながら、猫に用意していた牛乳を一気飲みする。

口にした牛乳は、何故《なぜ》だか少し苦味を感じた。

読書をするよりも少し体を動かしたくなって、僕は蔵書庫を出て裏庭に向かう。

夕日で、町が赤く染まっていた。

町並みを見下ろしつつ背伸びをしていると、視界の端に見慣れないものが入る。

……ん？　なんだ？　あれ？

町外れに、洞窟が存在している。この前ここに来た時には、見なかったものだ。

……僕が見逃しているはずない。あの洞窟、絶対におかしい。

そういえば、前に読んだ本に似たような話が載っていたのを思い出した。

……確かあれは、ダンジョンが生まれる話だったよな？

ダンジョンとは、いわばモンスターが生息する迷宮だ。

そこに住まうモンスターたちは、ダンジョンの外に現れることもある。

そのダンジョンの入口が、稀《まれ》に地下から出現することもあるらしい。

あんな所に人が穴を掘る理由もないし、あの洞窟は地下から出てきたものだろう。

……だとすると、まさかあれは本当にダンジョンなのか？

嫌な予感に眉を顰《ひそ》めるが、そこで僕の眼《め》は、更に信じられないものを捉えた。

……おい、洞窟に近づいているあの猫って、もしかしてっ！

間違いない。僕が見間違えるはずがない。

そもそも僕がこの町を視《み》てきた中で、紅葉《もみじ》模様の猫はあの一匹しか存在していなかった。


「待て、入るな！」


聞こえるはずがないのに、僕は視えている猫に向かってそう言ってしまう。

洞窟の中に入っていく猫へと手を伸ばすが、町外れまで届くわけがない。

僕のハズレスキル『鷹鵜眼《ヨクミエルヒトミ》』は、ただ眼がよくなるだけのものだ。

視えているのに、わかっているのに、何もできないもどかしさに、僕は歯噛《はが》みした。

……でも、どうにかしないと。

猫のことも心配だが、あのダンジョンからモンスターが出てくる可能性もある。

……そうなると、町の人たちが危険だ。

僕は父の書斎に走ると、勢いそのままに扉を開いた。

「父様！」

「な、なんだ、ラディ！」

父は驚きのあまり、机から書類の束をこぼしてしまう。

その中のある内容に一瞬目を留めた後、僕は父に視線を向けた。

「町外れに、ダンジョンが出現しました。至急冒険者ギルドに対応要請を」

「な、なんだ藪《やぶ》から棒《ぼう》に」

「だから、ダンジョンが町外れにできたんですよ。被害が出る前に対応が必要です！」

「待て待て！　急に何を言ってるんだ？　お前は」

父はこぼした書類をかき集めながら、僕に視線を向けてくる。

「いつ頃からか訳のわからんことを言うようになり始めたが、今回のは格別だぞ」

「でも、僕は視たんです！　本当に町の外れにダンジョンの入口が——」

「……もうやめろ、ラディ」

父は何かをこらえるように、怯《おび》えながらも自分を奮い立たせるように、口を開く。

「確かにお前はハズレスキル持ちだ。お前のせいで、私も陰口を叩《たた》かれることがある」

貴族社会は、見栄《みえ》の社会だ。そして父は貢ぎ物が届くぐらい注目されている。

優良貴族からハズレスキルの無能が生まれたというのは、醜聞のネタになるだろう。

……でも、僕だってそうやって生まれたかったわけじゃないのに。

「お前が無能なのは、仕方がない。それは変えられない事実だからな。だがな？」

拳を握りしめる僕には気づきもせず、父はそのまま口を開く。

「自分が無能だからといって、そんな妄言で周りを混乱させるのはどういう了見だ？」

「……妄想じゃ、嘘《うそ》じゃありません。僕には、確かに視えているんです。町外れに――」

「見えるわけないだろ？　町外れ？　ここからどれだけ離れていると思っているんだ」

……やっぱり、僕の話は信じてもらえないんだ。

絶望感に襲われる中、父は溜息《ためいき》を吐《つ》く。

「実はな。お前を修道院に入れないか？　という話が出ていたんだ」

「……出家、ということですか」

「そうだ。訳のわからんことを言い続けるお前のことは、もう神様に任せるしかない」

……体《てい》よく、厄介払いしようってことでしょ？

「母さんや他の兄弟たちも賛成している。来年にもと思ったが、もっと早い時期に――」

「わかりました。失礼します」

「おい、まだ話は終わってないぞ！　ラディっ！」

父の言葉を無視して、僕は書斎を飛び出した。

……ダメだ。家族はもう、僕をいないものだと思っている。

それは、使用人たちもきっと同じだ。そんな中でどれだけ助けを求めても無駄だろう。

……急がないと、あの猫が危ないのに。
何かしないと不味《まず》い状況になるとわかっているのに、手が打てないのがもどかしい。
……でも、誰も助けてくれなくても、あのダンジョンはなくならない。
町の人たちに被害が出てからでは遅すぎるし、何よりあの猫が心配だ。
……僕が、やるしかないんだ。無能と言われても、ハズレスキルしかなくても、僕が。
そう思いながら、僕は自分の部屋に一旦戻る。
荷物を入れるための、鞄《かばん》を取りに行くためだ。
そして一番大きい鞄を手にした後、僕はすぐに部屋を出て貯蔵庫へと走り出した。

◇◇◇

貯蔵庫の扉を開けて中に入ると、両親が集めた品々がこれでもかと並んでいた。
壁には様々な絵画が並び、骨董品《こっとうひん》はいつ来客に見せてもいいように磨かれている。
その貯蔵庫の、一番奥。そこには巨大な金庫が佇《たたず》んでいた。
……特に価値のあるものや、取り扱いに注意が必要なものを保管している金庫だ。
これだけ大きければ盗人《ぬすびと》も容易に持ち出せず、もし持ち出せたとしても——
……金庫を開けるには、十桁の暗証番号を入力しないといけない。

金庫の扉に暗証番号を入力する鍵盤が、僕の目の前に存在している。

この金庫を開ける十桁の数字は、この家では両親しか知らない。でも——

……すり減ってる番号が、僕には視えるから。

すり減っているということは、扉を開けるために両親がよく押している番号ということだ。

だから、後は組み合わせの問題。

更に両親に縁のある日付などを優先的に入力していくと、すぐに金庫の扉が開いた。

貴金属や宝石類が、僕の目に飛び込んでくる。

しかしそれらには目もくれず、僕はある一角に視線を向けていた。

そこにあったのは、色んな意味で曰《いわ》く付《つ》きのアイテムたちだ。

禍々《まがまが》しい剣に、今にも刃から血が滴り落ちてきそうな斧《おの》や龍を模した槍《やり》等。

武芸に秀でている人が見れば、喉から手が出るぐらいの品々なのだろう。

……でも、こんなの僕が持っていっても、上手《うま》く扱えないし。

そもそも、重すぎてダンジョンまで担いでいくのすら不可能だ。

……僕が扱えそうなのは、これぐらいかな？

僕が手にしたのは、一振りの槍。いや、槍にしては短すぎる。

杭《くい》のような、針のような形のそれを手にしながら、僕はあることを思い出していた。

……以前、父様が競り落としてきたっていう魔導具か。

この魔導具の効果について父が何か言っていたような気がするけど、すぐには思い出せない。

しかし、先程父の書斎で零《こぼ》れ落ちた書類には、この魔導具の名前が記載されていた。

その名前は――

……『臨界せしシーグル』。

この魔導具の効果はわからなくても、僕のハズレスキル以上の効果はあるはずだ。

……ひょっとしたら神具かもしれない、っていうし、持っていかないよりマシだろう。

そう思いながら魔導具を鞄の中にしまい、更に僕は別の品に手を伸ばす。

そこには、異常状態を回復するポーションに、不治の病を癒やすエリクサー等がある。

……補助アイテムの方が、僕には役に立つはずだから。

この、モンスターの出現率を下げる香なんて、お誂《あつら》え向《む》きだ。

とにかく僕は、使えそうな補助アイテムを片っ端から鞄に詰め込む。

自分の背負える重さよりも少し軽めぐらいの状態で、僕は鞄を担いで屋敷を後にした。

その際、金庫の扉も、貯蔵庫の扉も開けっ放しにしている。

……何か持ち出されていることにも、その犯人が僕であることにも、すぐに気づかれるはず。

そうなれば残った痕跡を辿《たど》り、家の誰かが僕が入るダンジョンの存在に気づくだろう。

ダンジョンに気づけば、流石《さすが》に両親も冒険者ギルドへ連絡を入れるはずだ。

……そうなったら、最悪僕が死んでも、ダンジョンを潰せるから町の人たちは助かるよね。

でも、でき得ることなら、僕はあの紅葉柄の猫も助けたい。

身勝手で助けた身としては、身勝手にあいつの無事を祈ってしまう。

……猫を助けられても、修道院に入れられたら離れ離れになっちゃうし。

いや、それ以前にアイテムを盗んだ罪で僕は投獄されることになるのだろうか？

それともダンジョンを見つけた功績で、その罪は帳消しになるのだろうか？

わからない。わからないけれど、僕はこの地を離れるまで、あの猫と一緒にいたかった。

……だから、勝手に死ぬんじゃないぞ。せっかくあの時、生き残ったんだから。

鞄を背負い直して、僕は更に歩みを進めていく。

◇◇◇

町の外に出た時には、既に辺りは暗くなっていた。

鬱蒼《うっそう》と茂る木々の間を抜けていき、僕は一直線にダンジョンの方へと向かっていく。

と、そこで僕は足を止めた。そして、相手に聞こえるように、口を開く。

「すみません。用件はなんでしょうか？」

暫《しばら》く、風が枝葉を揺らす音が聞こえる。僕は溜息を吐きながら、再度口を開いた。

「あの『視えて』るんですけど。急いでいるので手短にお願いできると嬉《うれ》しいのですが」

「……お前、本当にこの暗さで俺の姿が見えるのか？　明かりもなしで？」

そう言って出てきたのは、一人の男だった。

「なんだ。聞いてたよりも、面白い奴《やつ》だな、お前」

笑いながら、男は肩に担いだ剣の位置を直して、自分の顎鬚《あごひげ》を撫《な》でる。

「俺の名前はカーティス・イングリッシュ。冒険者だ」

「……そうですか」

一瞬、ダンジョンのことをこの男に話そうと思ったが、止《や》めた。

……自分の親ですら信じてくれなかったのに、この人に信じてもらえるわけがない。

「数日前から、護衛の任務で町にちょこちょこ寄らせてもらってるんだ」

「そうですか。僕のことは、ご存じみたいなので自己紹介は不要ですよね？」

「貴族のとこの九男だろ？　色々聞いてるが噂《うわさ》なんて当てにな――おい、どこに行く！」

「言いましたよね？　急いでる、って」

僕の噂というのは、ハズレスキルや無能扱いされていることだろう。

……やっぱり、この人にも頼れない。ダンジョンのことも、僕が自分でどうにかしないと。

「そうだそうだ。それが気になって、町から後をつけてきたんだ」

そう言って男は、僅かに目を細める。

「お前みたいなガキが、町の外になんの用が？　しかも、日が暮れたこんな時間に」

「……あなたには、関係ないでしょ」

「そうはいくかよ。このまま見過ごして九男に何かあったら、目覚めが悪《わり》ぃだろ？」

反論しようと口を開く。が、僕も猫が気になってやってきたので結局何も言わなかった。

無言の反応に話していいと解釈したのか、男が更に口を開く。

「しかも九男は、パンパンになった鞄を背負ってる。それ、どこから持ってきたんだ？」

その言葉に、僕は内心舌打ちをした。家の盗みがバレるまでは、想定内だった。

でもまさか、町を出る無能の僕を気にする人がいるだなんて全く考えていなかった。

……この荷物が、逆にこの冒険者の気を引いてしまったのか。

「わかるぜ？　お前の気持ちも」

「……何がです？」

男は一人で納得したように頷《うなず》きながら、僕へ生暖かい視線を送ってくる。

「俺もガキの頃は九男みたいに、周りに自分を認めさせようと、色々やったもんだ」

「……違います。そういうんじゃ、ないですから」

そう言うが、僕の言葉を聞いていないのか、男はベラベラと喋《しゃべ》り続ける。

「女のケツも追い回したし家の金をちょっとくすねたこともある。だがお前その量は──」

「……だから、そういうんじゃないって言ってるじゃないですか！」

「だったらその荷物は、なんなんだ？　ひょっとして、家から持ち出したんじゃないのか？」

冒険者に図星を指され、流石に僕は怯《ひる》んだ。

どんな事情があろうとも、僕は家のアイテムを盗んだ咎人《とがびと》だ。

僕にとって正しい行動であっても、他の人にとってはそうではない。

僕に視《み》えていても、他の人には視えていないのと、同じだ。

視えないものは、存在していないものと同義だ。

だから僕の言うことは、ずっとずっとなかったことにされてきた。

……でも、僕には確かに視えているのにっ！

「聞いたお前の境遇には同情するがな？　九男。だが、物事には限度ってもんが──」

「……視えてない、だけのくせに」

「あぁ？」

「視えてないだけのくせに、お前こそ勝手なことを言うなっ！」

足止めされている焦燥感と無視され続けてきた怒りを、僕はここで爆発させた。

僕は冒険者を睨《にら》むと、今までの鬱憤を晴らすように捲《まく》し立てる。

「僕に視えているものを、伝えてきたことを今まで無視してきたくせに、なかったことにしてきたくせに、勝手なことを言うな！　僕がそれでどれだけ諦めてきたのか、あんたにわかってたまるか！　ずっとずっと、視えていたのに、本当のことを言ってきたのに、言っても無駄だって黙ってただけなんだよ、僕は！　でも、今回だけは我慢できないんだ！　あの猫が、助けた猫がダンジョンの中に入っていったから、このままダンジョンの存在を放置してたら、町の皆にも被害が出ちゃうから、でも今回も信じてもらえないから、言ってもなかったことにされるから、だから僕は自分でやらなきゃって、一人ぼっちでも僕が――」

「おい、今、なんて言った？」

気づくと冒険者は僕の目の前に立っており、こちらを見下ろしていた。

その目は酷《ひど》く真剣で、今まで僕を見てきた他の誰とも違うような、そんな気がした。

「九男。お前今、ダンジョンって言ったか？」

「う、うん。そうだけ、ど」

冒険者の気迫に押されて、僕は緩慢に頷く。男は顎鬚を撫でながら、口を開いた。

「ダンジョンって言うが、この辺りにゃ、ダンジョンなんてなかったはずだが」

「……今日、僕が見つけたんだ。町外れに、洞窟ができてて」

「本当か？　いや、本当じゃなきゃ、わざわざ九男がここにいる理由を説明できねぇな」

そう言うと、男はブツブツと独り言を呟《つぶや》き始める。

ダンジョンを攻略するための道具とか、今から応援を求めるのかとか。

「九男。お前、そのこと親に言ったのか？　冒険者ギルドに対応を依頼するとか」

「……僕の噂は、聞いたんですよね？」

そう言うと冒険者は、露骨に顔を歪《ゆが》めて舌打ちをした。

「馬鹿か！　万が一があったら、そっちの方がマズいだろうにっ！」

「……あの、さっきから聞いていて、思ったんですけど」

おずおずと僕は、冒険者に向かって口を開く。

「なんというか、あなたは僕の言ったことを信じてくれてるような気がするんですけど」

「あぁ？　気がするも何も、信じてるんだよっ！」

その言葉に、僕は時が止まったように固まってしまう。

……信じる？　僕の話を？　え、聞き間違い？　え？

「なーに呆《ほう》けてやがる。それとも九男。今お前が言ったことは、嘘《うそ》なのか？」

「ほ、本当、ですけど」

「なら、いいじゃねぇか」

「で、でも、僕はハズレスキル持ちで、無能だから――」

「ガキが助けを求めてんだから、それに応えてやるのが大人の役割ってもんだろうが」

そう言って冒険者は、僕の頭を撫でる。

「他の奴はどうかは知らねぇが、俺は信じるぜ。九男の言ったことをよ」

その言葉に、僕は何も言えなくなる。

この男の撫で方は雑だし、手もゴツゴツしていて痛い。

それでもその手の温かさが、どういうわけか彼の手を払い除《の》けるのを躊躇《ためら》わせた。

「しかし、どうするかねぇ。今冒険者ギルドに戻っても手遅れかもしれねぇし」

「……何を、悩んでるんですか？」

「決まってるだろ？　俺一人でダンジョン攻略するかどうかだよ」

「む、無茶ですよ！　一人で攻略するだなんて！」

「あぁ？　九男だって一人で行こうとしてただろうがよ」

「ぼ、僕は猫が無事で、ダンジョンに他の人が気づいてくれたら、それで――」

「ばーか。お前が死んだらその猫も危ねぇだろうが。生きることをまずは考えろよ！」

その通りすぎて、僕は何も言えなくなる。冒険者は顎鬚を撫でながら、首を捻《ひね》った。

「戦うだけなら、コイツの力があれば俺一人でどうにかなるんだがな」

そう言いながら、冒険者は肩に担いだ剣を一瞥《いちべつ》する。

「手持ちのポーションがちーとばかし心許《こころもと》ねぇ。俺の戦い方には、絶対に必要なんだが」

「あの、ありますよ？　ポーション」

「……何？」

「家から、とりあえず持ってきたものなんですけど」

そう言って僕は、背負っていた鞄《かばん》の中身を冒険者に見せる。

それを見た男は、さも嬉しそうに笑い出した。

「なんだよ、あるなら先にそう言いやがれ！」

「……いや、流石《さすが》にわかりませんよ。それは」

「だが、これだけありゃ、問題ねぇ。俺一人で、ダンジョン攻略できるだろうぜ？」

「……本当ですか？」

「ああ、本当さ。ついでに九男の言ってた猫も、俺が助けてやるぜ。だからお前は――」

「行きます」

戻れと言われるのを予測して、僕は食い気味にそう言った。

「あぁ？　俺がなんとかしてくっから、九男は大人しく家で待ってりゃいいだろ」

「あの家に、僕の居場所なんてありませんよ」

「……そーかい」

「後、それから」

「それから？」

「僕の名前は、ラディ・ブロンゼツウィストです」

そう言って僕は、改めて冒険者を、カーティスの目を真《ま》っ直《す》ぐに見つめた。

するとカーティスは、目を弓のようにして、こちらに向かって手を差し出してくる。

「わかったよ、ラディ。ただし、付いてくるのは構わねぇが、俺から離れるな？」

「はい、よろしくお願いします。カーティスさん」

僕らは固い握手を交わした後、ダンジョンに向かって歩き出した。

◇◇◇

ジメッとしたダンジョンの中を、僕たちは進んでいた。

ゴツゴツとした壁面を横目に歩きながら、僕らは辺りを見回しながら歩いていく。

先頭を歩いていたカーティスが、忌々しげに呟いた。

「ったく、ダンジョンに捜しに行くぐらい可愛《かわい》がってたんなら、名前ぐらい付けとけよ」

「しょうがないじゃないですか！　付けてないものは、付けてないんですからっ！」

ダンジョンで猫を捜しているのだが、名前がないので呼びかけることができない。

捜索を開始して早々、その活動は暗礁に乗り上げたような状態になっていた。

……モンスター避《よ》けの香は焚《た》いてあるから、そこまで危なくないと思うけど。

「だからって、いつまでも時間をかけてられねぇぞ」

「わかってますよ。モンスターがダンジョンから出たら、それでおしまいですから」

僕としては、ひとまず猫だけ救出できればいい。

でもこのダンジョンが残っている限り、町に被害が出る可能性がある。

最終的に、ダンジョン攻略を行う必要があった。

ダンジョンの攻略とは、すなわちボスの討伐だ。

そしてそのボスは、かなりの確率でダンジョンの深層部《しんそうぶ》にいる。

……入口付近にいてくれたら、すぐ猫を連れてダンジョンを出られるんだけど。

しかし残念ながら、どうやら猫は入口付近にはいないようだ。

このまま、ダンジョンの奥に向かう必要がある。

「だが、制限時間がある以上、全ての道を捜すことはできねぇぞ？」

「……わかってます。モンスターがダンジョンから出るかもしれませんし」

深層部への道は、カーティスの冒険者としての経験で向かうことができる。

でも猫の捜索は、流石に彼の守備範囲外。今はただ、ダンジョンの奥に向かうしかない。

……幸い、そこまで入り組んでないから、まだ僕の眼《め》で視えるけど。
ダンジョンの中でも、僕のハズレスキル『鷹鵜眼《ヨクミエルヒトミ》』は健在だ。
無能な僕のスキルだけど、猫が僕の視界に入ればそれを見逃すはずがない。
……でも、流石に透視とかはできないから、隠れられてたら見逃しちゃうけど。
後は一点を集中しすぎて周りが見えなくなると、それ以外視えなくなってしまう。
そう思うものの、僕の脳裏には既に最悪の事態が浮かんでいた。
ひょっとしたらあの猫は、もうモンスターに襲われて――
……やめろ！　そういうことは、今考えても仕方がないだろ。
首を横に振って、僕はその嫌な思考を振り払う。
今はただ、進行方向に猫がいることを素直に願うだけだ。

◇◇◇

額の汗を拭うカーティスの後ろに付いて、僕たちはダンジョンの奥へ進んでいく。
モンスター避けの香を焚いているとはいえ、その遭遇をゼロにすることはできない。
そしてダンジョンの深層部へと近づく度、その遭遇率は徐々に高まっていた。
今もまた、僕らの前に巨大なモンスターが立ちはだかる。

「はぁっ！」

気合を入れたカーティスの一閃《いっせん》で、モンスターを一刀両断にした。

断末魔の叫びを上げながら、モンスターが血の泉に沈んでいく。

……こ、この人、本当に強い！

今まで出会ったモンスターを、カーティスは歯牙にもかけずに倒している。

単独でダンジョン攻略ができると言ったのも、決して自惚《うぬぼ》れから出た言葉ではなかった。

辺りのモンスターをあらかた片付けた後、カーティスはこちらに振り向いた。

「うっし。ここらで少し休憩すっか」

「でも、先を急がないと」

「急がば回れだ。疲れが溜《た》まって死んじまったら、元も子もねぇだろうが」

そう言われてしまうと、僕としては素直に従うしかなかった。

モンスターが現れてもすぐに気づけるよう、視界が開けた場所で僕らは腰を下ろす。

水筒から水をコップに注ぐカーティスを横目に、彼の圧倒的な戦いを思い出していた。

……しかもカーティスさんには、まだ奥の手がある。

そう思いながら、僕はカーティスが脇に置く剣に視線を向けた。

「なんだ？　ラディ。気になるのか？　この神具が」

そう言って彼は神具『繰り返すものレゼブディスタ』を掲げてみせる。

レゼブディスタの刀身が、道中説明した通り鈍色《にびいろ》に光った。

「こいつの効果は、道中説明した通りだが――」

「……うん。確かにその効果なら、ポーションが必要ですね」

神が作ったと謳《うた》われる程の効果を、あの剣は有している。

更にカーティスのスキルと『繰り返すものレゼブディスタ』は、相性がよすぎた。

彼ならアイテムが揃《そろ》っていれば、確かにダンジョンのボスを倒すことができる。

「本当に、凄《すご》いですねカーティスさんは。ハズレスキル持ちの無能な僕とは、大違いだ」

「あぁ？　何言ってんだ？　お前」

「……だって、僕のスキルじゃ、誰も救うことはできないから」

実際、僕がやったのは盗みに自爆覚悟で他の人にこの場所を知らせようとしただけ。

家からアイテムを持ち出したとしても、確実に猫を救える当てもなかった。

……カーティスさんがいるから、今は全ての問題が解決できる目処《めど》が立ったんだ。

正直、ダンジョン攻略に僕が同行しているのは、完全に自分の我儘《わがまま》だ。

僕の存在は、ハッキリいって必要ない。お荷物の、いらない存在なのだ、僕は。

……今までと、なんにも変わらないや。僕は。

「ばーか。お前がダンジョンに気づいてなけりゃ、俺がそもそもここにいねぇだろうが」

ほいよ、と言って、カーティスが水の入ったコップを差し出してくる。

それを受け取る僕に向かい、髭面《ひげづら》の男は不格好に笑った。

「お前は町への被害を未然に防いだんだ。もっと自分を誇っていいんだぜ！」

「……そう、なんですかね？」

「ああ、そうだぜラディ。変に卑屈にならなくたっていいんだよ」

「……でも、僕の言うことなんて誰も信じてくれないし」

「ばーか。それも、俺がここにいることで過去になっただろ？」

そう言われて、僕はハッと顔をあげる。

確かに、そうだ。少なくとも、ここに僕が視《み》たものを信じてくれた人がいる。

「……そっか。そうですよ、ね」

「ああ、そうだよ」

カップの水を飲み干して、僕らは再びダンジョンの深層部へ向かうことにした。

◇◇◇

ダンジョンを歩きながら、カーティスがこちらに問いかけてくる。

「そう言えば、ラディは神様に会ったことあるのか？」

「いえ、ありませんけど」

「そうか。さっきも伝えたが、こいつは俺の国の神様が作ってくれたもんでな」

そう言いながら、カーティスは『繰り返すものレゼブディスタ』を振るう。

モンスターの鮮血が宙に舞い、朱の色がダンジョンを汚す。

鉄の匂いに顔をしかめながら、けれども僕は驚いていた。

「会ったこと、あるんですか？　神様と」

「ばーか。流石にねぇよ。だが、あの方々は、確かにこの世界にいらっしゃる」

「そうじゃなきゃ、神具なんて存在してませんもんね」

「まぁな。俺はこんなんだから姿を拝ませてもらえねぇがお前ならもしかすると、おっと」

またモンスターを袈裟懸《けさが》けに斬り伏せ、カーティスは先に進む。当然、僕も後に続いた。

「そうそう。俺が生まれ育った町の燻製《くんせい》料理は絶品でな。会った人全員に勧めてるんだ」

「それは、美味《おい》しそうですね」

「なら、このダンジョン攻略が終わったら、お前も俺の国に来てみろよ」

モンスターの血潮でできた川を踏破するように、僕らは歩みを進めていく。

「燻製は肉も美味《うま》いが、卵とかチーズも肴《さかな》になって美味いのさ」

「……残念ながら、僕はお酒を飲めるようになるのはもう少し先ですけど」

「それなら、飲めるようになったら、俺がお前に酒の飲み方を教えてやるよ」

「それは、楽しみです」

そう言った直後、僕は不思議な気持ちになった。

……楽しみ、か。未来に希望を感じたのは、いつぶりだろう？

流れ星を見つけて両親に報告した時は、まだそういった感情を持っていたように思える。

でも確かなのは、そうした感情を僕は久しく抱いてこなかったということだ。

忘れていたそれをどう表現すればいいのかわからなくて、僅かに顔を俯《うつむ》ける。

と、そこで僕は視界の隅に映ったそれに気づき、弾《はじ》かれたように顔を上げた。


「いた！　猫だっ！」


紅葉《もみじ》柄の猫が大きな声で鳴く。そして僕に気づくと、一目散にこちらに向かってきた。

その猫が走る距離を少しでも減らせるように、僕もすぐに脇目も振らずに駆け出す。

……よかった。まだ無事だったんだ！

足場は悪く、途中で転《こ》けそうになる。けれども僕の足は止まらない。

僕の目にはもう、あの猫の姿しか視えていなかった。

やがて猫と僕の距離が、ゼロになる。

その直前。

「危ねぇっ！」

カーティスが飛び込んできて、僕と猫を地面に押し倒す。

僕は押し倒された痛みに呻《うめ》き、猫も抗議の悲鳴を上げた。

でもその声は、遅れてやってきた突風によって、簡単にかき消される。

風が止《や》み、顔を上げた所で、僕らは全員凍りついたように固まった。


龍だ。


禍々《まがまが》しい、龍の如《ごと》き異形のモンスターが、そこにはいた。

……な、なんだあれ。なんなんだよ、あれはっ!

冒険者ではない僕であっても、ひと目見ただけで感じられる。

あれは、今まで対峙《たいじ》してきたモンスターなんかとは、比べ物にならない存在だ。

つまり、このダンジョンのボスだ。

その圧倒的な存在感の前に、それだけ存在感があるという事実に、僕の全身が震え出す。

あの龍の存在に、僕は全く気づかなかった。つまり、僕に視えなかったのだ。

……猫に夢中で、僕は周りが視えていなかったんだ。

だがそれにしても、あの龍はあまりにも突然現れたように感じられた。

……だとすると、あの龍は——

「おい、何ぼさっとしてんだラディ！　逃げるんだよ！　立って走れっ！」

カーティスに抱えるように起こされて、僕は猫を抱えて走り出す。

「あれ、絶対ボスですよね？　倒すって言ってたのに、逃げるんですか？」

「うるせぇ！　神具っつったって、使い時ってもんがあるんだよ！」

猫が鳴き、地面が震動する。巨大な翼を広げた龍が、僕らを弄《もてあそ》ぶように走り出していた。

「ちくしょう！　物理攻撃だけは、俺と相性が悪いんだよなぁ！」

「ともかく、今は逃げるしかないですね！」

龍が吠《ほ》え、全身が震える。それだけで足がもつれそうな程怖い。

……でも、ここで転んだら、本当におしまいだよ！

だが、その一方的すぎる追いかけっこも、そう長くは続かなかった。

僕らを追うことに飽きたのか、龍は走るのを止め、その場で大きく息を吸い込む。

その顎《あぎと》の隙間からは、煌々《こうこう》と輝く光が視えた。

「龍が炎を吐こうとしてますよ、カーティスさん！」

「何っ！」

そう言ったカーティスの声色には、全く焦りがなかった。

むしろ彼は口元を歪《ゆが》め、口角を吊《つ》り上げている。

「待ってたぜ、この時をよっ！」
カーティスはそう言って、『繰り返すもののレゼブディスタ』を振り上げる。
そして懐からポーションが入った瓶を取り出し、すぐに使えるように栓を抜いた。
その直後、龍の口から灼熱《しゃくねつ》の業火が吐き出される。
それは辺りの大気を徹底的に喰《く》らい尽くしながら、僕らの方へ向かってきた。
燃え盛る炎のブレスで、視界が全て真っ赤に染まる。
その視界の中で、前に進み出る人影があった。カーティスだ。
「しっかり覚えろよ、『繰り返すもののレゼブディスタ』！」
吠える男に応えるように、その鈍色の刀身が淡く輝き出した。
光る剣と龍のブレスがぶつかり、辺りに凄《すさ》まじい衝撃波と熱風が吹き荒れる。
ダンジョンの岩が砕けて石となり、それがすり潰されて砂となる。
粉塵《ふんじん》に砂塵《さじん》が舞い上がり、戦塵《せんじん》となってダンジョン中を駆け巡った。
それらが猫に当たらないよう、僕はその上から覆いかぶさる。
砂の礫《つぶて》が、僕の頬に当たって痛い。僕の下で、猫も悲鳴を上げている。
……でも、こんな痛みですんでいるのは、カーティスさんのおかげだ。
剣を掲げた冒険者は、僕らを背に守るように、あの炎を一身に受けている。

やがてブレスが収まり、顔をあげると、全身火傷《やけど》をしたカーティスが立っていた。

どう見ても満身創痍《まんしんそうい》だが、彼は手慣れた様子でポーションを自分の全身にぶちまける。

湯気を立てながら傷が癒えていき、瀕死《ひんし》から回復したカーティスは不敵に笑った。

「覚えたぜ。てめぇの炎はなっ！」

更に剣を龍に向けて、こう叫ぶ。

「さっきの攻撃を再現しやがれ、『繰り返すものレゼブディスタ』！」

その言葉に応えるように、剣から爆音と共に爆炎が龍に向かって爆速で吹き荒れた。

それはカーティスの言葉通り、先程龍が放ったブレスそのものだ。

今目の前で起こっている事象が、『繰り返すものレゼブディスタ』の効果。


あの神具は、相手の攻撃をコピーできるのだ。


それはつまり、初撃さえ凌《しの》げば敵の力を手に入れられるということに他ならない。

もちろん、相手がどれだけ強くても神具の前では関係ない。

そして敵は、相手が自分と同じ攻撃を繰り出したという動揺で、反撃が鈍くなる。

眼《め》の前の龍も、自分に迫る炎の存在に困惑していた。

しかし、相手はすぐに口を開いて、炎のブレスを吐き出す。

龍が吐き出す業火と、冒険者が繰り出す灼熱がぶつかり合った。

爆裂音に炸裂音《さくれつおん》に破裂音が響き、ダンジョンが上下左右に盛大に揺れる。

熱と熱がぶつかり合い、灼熱が互いを飲み込み合い、辺りの気温は急上昇。

龍の紅と冒険者の朱が拮抗《きっこう》し、しかし徐々に紅の炎が朱を喰らい始めた。

……さっきよりも、強いブレスを吐いたのか！

頬に更なる熱を感じ、僕は猫を守るように、必死になって抱きしめる。

『繰り返すものレゼブディスタ』ができるのは、あくまでコピーまで。

それよりも強い力で押されたのであれば、太刀打ちができなくなってしまう。

龍はそれを見抜き、先程よりも強力な炎を吐き出してきたのだ。

それがどのような結果を導くのかは、僕の眼前に繰り広げられている。

……龍の炎が、カーティスさんに届く！

そしてついに、渦巻く焰《ほのお》が剣を突き出す冒険者を呑《の》み込んだ。

だが彼が僕らの前にいてくれるおかげで、それ以上の熱波は僕たちの方にやってこない。

しかし肝心のカーティスの姿は、業火の中に消えて黒い影だけとなっている。

やがて炎の奔流が収まると、龍は自分に歯向かった愚か者を嘲笑した。

あのボスは僕らを倒すことなんて、虫を踏み潰すより簡単だと思っているのだろう。

醜く口を歪めて、龍が嘲笑《あざわら》う。しかしその顔は、一拍後に忌々しげに眉が吊り上がった。

そこには、剣を杖《つえ》のようにして立つ、カーティスの姿がある。
彼は顔を上げて、逆に龍を笑った。
「ス、キル、『起死回生』、発、動」
カーティスのスキル『起死回生』は、簡単に言えば、即死しないスキルだ。
たとえどれだけオーバーキルな攻撃であっても、彼はそれを受けても即死しない。
どれだけ巨大な炎で身を焼かれても。
どれだけ強大な魔法をその身に受けても。
カーティスは、ギリギリ生命活動を維持できるのだ。
……それはつまり、相手の初撃を確実に凌げるスキル！
だからカーティスのスキルは、あの神具と格段に相性がいい。
このスキルとあの剣があれば、カーティスは確実に相手の攻撃をコピーできる。
だからとでもいうように、カーティスはまた自作のポーションで回復。
それを見て僕は慌てたように鞄《かばん》を弄《まさぐ》り、追加のポーションを彼の方へと持っていった。
「ありがとよ。これで回復しながら戦える」
敵の力を強奪したカーティスは、相手にその力をぶつけるために走り出した。
そして彼は、新たに手に入れたより強力な力を惜しげもなく龍に向ける。
炎と炎が、再度互いにぶつかり合った。

カーティスの戦術は、千日手的な内容だ。

しかし、相手の最強の攻撃を常に使えるカーティスの方が、有利になる。

……龍も、あの炎の威力を無限に上げられるわけじゃない。

いずれ、無理して自分の限界以上の力を振るうだろう。

だが、それではあの龍の体が保《も》たない。無茶をした反動は、必ずどこかで出てくる。

でも、その無茶をした力を、カーティスはコピーしているのだ。

新たに別の力をコピーしない限り、カーティスは敵の限界を超えた力を手にできる。

相手の最強の奥の手を、カーティスは使えるのだ。

……カーティスさんが必要なアイテムのストックは、まだ僕の鞄の中にもある。

ポーションどころか、エリクサーすらあるのだ。

それがなくならない限り、彼は瀕死になっても回復して相手の力をコピーし続けられる。

道具さえ揃《そろ》っていれば、カーティスの戦術は必勝と言えるだろう。

その僕の考えに賛同するように、いつの間にか僕の隣にいた猫が大きく鳴いた。

またカーティスが神具を使い、龍を攻め立てる。

自らの炎を向けられたあの龍は、自分の力にまずは対応するしかない。

常により強い力をコピーされるとわかっていても、火炎のブレスを吐くしかないのだ。

……この勝負、カーティスさんの勝ちだ!

僕がそう思うのと、龍がその口から凍《い》てつく吹雪《ふぶき》を吐き出したのは、同時だった。

……え？　吹雪？

そう疑問に感じたのは、僕だけではなかったようだ。

カーティスも、驚愕《きょうがく》の表情を浮かべる。

だが現実は変わらず、吹雪は灼熱と激突。先程は炎と炎だったが、今度は氷と炎。

それらが激突し、轟音《ごうおん》と共に大量の水蒸気が発生。視界は白一色に塗り替えられる。

更にそれらは大音量に高圧力の暴風となって、辺りに吹き荒れた。

カーティスも僕も僕に引っ付いた猫も、一瞬にして吹き飛ばされる。

ダンジョンは、白銀の世界へと様相を変えていた。

◇◇◇

僅かな間だけ、僕は気絶していたようだ。それにしても、辺りが寒い。寒すぎる。

カーティスが炎を放ったおかげで凍死せずにすんでいるが、僕の体は霜だらけだ。

ましてや僕より小さい猫は、より酷《ひど》い有様になっている。

「おい、しっかりするんだ！」

近くに寝ていた猫に向かって、僕は必死に駆け寄った。

そしてかじかむ手でなんとか鞄を開け、異常状態を回復させるポーションを猫にかける。

猫の胸が上下しているのを確認して、自分にそれをかけた。

凍えながら視線を向けると、雪の中から震えるカーティスが立ち上がるのが見えた。

体の傷が癒えたとしても、この寒さはたまらない。

だがカーティスが震えているのは、寒さが原因だけではないだろう。

……あの龍は、今まで本気じゃなかったんだ。

先程のブレスと今までの炎では、威力があまりにも違いすぎる。

それに、吐けるブレスも一種類ではなかった。

白銀の世界に塗り替えられたダンジョンに、龍の異形が聳《そび》え立っている。

そいつはこの場の支配者が誰なのかを知らしめるように、咆哮《ほうこう》した。

恐怖で体が強張《こわば》り、僕は思わず猫を抱きしめる。

そんな僕とは違い、カーティスは吠えながら果敢にボスへと立ち向かう。

その様子を、龍のモンスターは嘲笑を浮かべながら見下ろしていた。

……舐《な》められてる。

そして事実、相手に舐められる程の実力差が存在していた。

その後の戦いは、壮絶の一言だ。

カーティスは龍の力を使うも、奴《やつ》はそれを嘲笑うように別種類のブレスを吐く。

炎や吹雪だけでなく、雷や毒霧とバリエーションが多すぎる。

稲妻をコピーしても純水のブレスを吐き出され、そもそも攻撃が通らない場面もあった。

……最強の奥の手が複数存在する相手なんて、どうすればいいんだよ！

更に龍の脅威は、それだけではない。

奴は尾を鞭《むち》のように使い、四股《しこ》を踏む如《ごと》く足踏みをして地震を起こす。

コピーされても龍は攻撃を繰り出すタイミングをずらして、戦況を有利にしていた。

そもそもカーティスは物理攻撃には弱い。どちらが優勢なのかは、一目瞭然。

カーティスの苦悶《くもん》の表情からも、それがうかがえる。このままだと確実に負けるだろう。

……そうなったら、全員、殺される。

死んでもいいと思っていたはずなのに、それが目の前に突きつけられて、僕は改めて恐怖した。

自分の心臓が伸縮しすぎて、その音だけで自分の体がバラバラになってしまいそうだ。

額からは冷や汗が溢《あふ》れ出し、頬を伝って流れた汗が恐怖で震える手元に落ちた。

そして手元から、鳴き声が聞こえてくる。

猫だ。

最初に僕が救おうと思った猫が、弱々しく鳴いている。

……そうだ。僕は、ただ死んでもいいと思ったんじゃない。救うために、死んでもいいと思ったんだ。

無駄死にじゃない。無意味じゃない。僕は確かにここにいて、僕には確かに視《み》えている。

何より今までとは違い、僕の視たものをカーティスが信じてくれている。

でもその前は両親含め、僕の存在は無視され続けてきた。

……僕はこの猫を助けることで、そうじゃないんだって、証明したかったのかな。

凶暴で凶悪で凶刃たる龍を前にして、もはや自分のことがわからなくなっていた。

……僕にできるのは、よく視ることだけだから。

それでも眼前には、命を賭して救おうとした猫がいる。

……僕にだって、やれることがあるはずだ。

僕はすぐに鞄をひっくり返して、家から持ってきたアイテムを雑に地面に並べる。

そして目当てのものを見つけると、それを摑《つか》んだ。

……魔導具『臨界せしシーグル』。

まだその効果を思い出せないが、魔導具であるならばなんらかの力はあるはずだ。

……僕の『鷹鵜眼《ヨクミエルヒトミ》』なんかよりも、凄《すご》い力が。

手にしたそれの先端が、鈍く光る。

その光に目を奪われていると、一際大きな咆哮が聞こえてきた。
顔をあげると、満身創痍《まんしんそうい》となったカーティスが後退している所だった。
僕は鞄の中に猫を、そっ、と入れてその場で立ち上がる。
龍は一瞬振り向き、僕に向かって下卑《げび》た笑みを浮かべた。
そしてそのまま、僕に背を向けてカーティスの方へ悠然と歩いていく。
もうこの場に、自分を止められる存在などいないと、確信しているようだ。
だからだろう。
僕が奴に向かって走っているのに気づいても、取るに足らない存在だと龍は無視した。
背を向ける龍を挟んで、僕とカーティスはちょうど対角線上に並ぶ。
奴は相変わらず、彼の方へ視線を向けていた。そのカーティスが、走る僕に気がつく。
「馬鹿野郎！　なんで逃げてねぇんだっ！」
「猫は、僕の鞄の中だからっ！」
喉が裂けんばかりに叫ぶ。あの猫を託せる人を、僕はこの世で彼しか知らない。
僕が信頼できる人は、カーティスしかいないのだ。
彼は僕を制止するため、龍に挑むよりも必死の形相となって何か怒鳴っている。
でももう僕の耳には、彼の言葉は届いていなかった。
僕が何をするのか理解できなくても、もう止められないと気づいたのだろう。

彼は龍の注意を引いて僕の存在を隠すように、必死になって攻撃を繰り出している。
……ありがとう、カーティスさん。
龍に近づけば近づくほど、地面が揺れた。
隆起し、割れる足場を、僕は全力で駆け抜けていく。
そしてついに、僕はモンスターの足元へ辿《たど》り着いた。
奴は近づいてきた僕を、冷笑しながら見下ろす。
が、次の瞬間、その顔が不快げに歪《ゆが》んだ。奴の瞳に、僕の手にする魔導具が映り込む。
……お前が嫌がるのなら、それなりに効果があるんだね、こいつにはっ！
僕は魔導具を振り上げ、雄叫《おたけ》びを上げながらモンスターへ向かっていく。
一方奴は僕を近づかせまいと、その口に稲妻を宿らせていた。
その横顔に、『繰り返すものレゼブディスタ』から放たれる炎が迫る。
龍は急いでそちらへ振り向き、一瞬にしてカーティスの攻撃を吹き飛ばした。
そして改めて、奴は僕の方へと怒れる視線と共に殺意を向けてくる。
でも。
それでも。
一瞬。
ほんの、一瞬。

されど、それは永遠と言える程、決定的な差だった。

その一瞬だけ、僕の方が龍の攻撃よりも速く。

振り上げた『臨界せしシーグル』を、奴の足に深々と突き刺すことができたのだ。

瞬間。

視界が、歪む。見ている世界が渦巻き、右と左に同時に回転して、気持ちが悪い。

魔導具が発動したのだ。そしてその不快感に塗《まみ》れながら、僕はこいつの効果を思い出す。

今、僕と龍の肉体から、精神が切り離されているのだ。

眼前の龍が喚《わめ》き散らす声が、至近距離であるはずなのに、どこか遠くに聞こえる。

そしてその反対に、

「ラディ！」

遠くにいるはずのカーティスの声が、はっきりと聞こえていた。

……よろしく、お願いします、ね。あの、猫のこと。包帯、取れたばっかり、だから。

そう思う中、僕は暗転していく世界の中に思考が沈んでいき、そして——

二章

……あ、れ？

なんだか、意識がはっきりしない。

……何、してたんだっけ？　僕は。

そう思いながら起き上がると、自分の体を見下ろし、僕は目を見開いた。

体が、異常に軽い。軽いどころか、透けてしまっているようにも見える。

一瞬思考が停止するが、そこで僕は今自分の置かれている状況を思い出した。

……そうだ。僕は『臨界せしシーグル』をあの龍に使ったんだ。

つまり今、僕は肉体と精神が切り離された状態なのだろう。

そしてその精神が、この空間に封印されているというわけだ。

自分の体から視線を上げると、そこには真っ白な、ただただ膨大な空間が広がっている。

入口どころか果てが見えない。見渡す限り、初雪で満たしたような風景が続いていた。

……あの猫は、カーティスさんは、無事なのかな？

助けたいと思った対象と、それを預けた冒険者のことを、僕は心配する。
しかし、むしろ大変なのは僕の方なんだと、遅まきながら気づいた。
ぼんやりしていた意識が、徐々に覚醒していく。
『臨界せしシーグル』の効果を、僕は思い出していた。

利用者と対象の肉体と精神を切り離して封印できる。

……つまり、この場所にいるのは、僕だけじゃなくって――
そう思った直後、僕の視界が一瞬真っ黒に染まる。
純白の空間に黒い巨大な影を落としたのは、翼を広げた龍だった。
奴の瞳が、僕を明確に捉えている。ここに閉じ込めたのが、僕だと気づいているのだ。
自らの怒りを辺りにぶちまけるように、龍が咆哮を上げた。
直後、モンスターは上空から僕を目がけて急降下をしかけてくる。
僕は原始的な恐怖に突き動かされて、転げ落ちるように駆け出した。
カーティスですら勝てなかったのに、僕があいつをどうこうできるわけがない。
逃げるのが最善だとわかっている。だから走る。でも逃げるっていっても、どこへ？
ここは精神を封じるための、ただただ膨大な空間だ。

よく視えるが故に、わかってしまう。

ここには身を隠せるような場所もなければ、誰からの助けも期待できない。

それでも背後から迫るボスの息遣いから奴が持つ凶暴さを感じて、走るしかなかった。

だが、無能な僕がどれだけ足掻《あが》き、藻掻《もが》こうとも、結果は全く変わらない。

龍がトップスピードに乗って、僕の上空を滑空する。

奴の影が僕の頭を通り過ぎるのと、突風が巻き起こるのは、ほぼ同時。

龍の起こした狂風に煽《あお》られ、僕の体は簡単に吹き飛ばされる。

地面を転がる度に、全身を酷《ひど》い痛みが襲った。その事実に、僕は恐怖する。

……痛みがあるなら、きっとその先もあるはずだ。

つまり、殺されたら普通に死ぬ。少なくとも、死ぬほど痛い思いはする。

僕らは封印されているので死なないかもと考えてはいたが、そうではない可能性もある。

……とにかく、あいつから距離を取らないと！

そう思い、一歩前に踏み出した所で僕の足が止まった。

視界が、真っ黒に染まったのだ。つまり僕は、あの影の下にいて。

僕の真後ろに、あの龍の息遣いを感じる。

恐怖で全身が震え、額からは滝のような汗が溢《あふ》れ出してきた。

心臓が破裂せんばかりに伸縮を繰り返し、体を流れる血液の音まで聞こえてきそうだ。

呼吸は荒く、逃げなければという焦燥感だけが、心の中で無限に膨れ上がってくる。

その気持ちの根底にある感情は、ただ一つ。

……生きていたい。

そうだ。僕は、生きていたい。生きていたいんだ。

使用人からも怯《おび》えられ、両親にすら無視されながら生きてきた。

それでも自分と一緒に龍を封印したのは、生きていたかったからだ。

あの紅葉《もみじ》模様の猫を、救いたかったからだ。生きていて欲しかったのだ。

……生きていて欲しい。あの猫に。そして僕も、一緒に生きていたい！

そう思えることが、思えたことが、僕にとって奇跡だった。

あの蔵書庫での日々が、かけがえのないものだったのだと、遅まきながら気づいた。

あの猫と時を過ごすのが難しいことなんて、わかっている。

この封印を解く方法どころか、後ろで僕を睥睨《へいげい》する龍を退けることなんてできやしない。

それでも、僕は諦めきれなかった。

無理だとはわかっているが故《ゆえ》に、魂で負けるのだけは、どうしても許せなかった。

奴《やつ》の生暖かい息が、僕の首に吹きかけられる。

嘲笑しているのだ。何もできず、ただ突っ立っているだけの僕を見下ろして。

それが、どうしても許せない。

怯え、無視されていることには慣れている。そんな生活を、ずっと続けてきたから。

でも、僕の人生を嘲笑《あざわら》われるのだけは、我慢できなかった。

……僕だって、好きで無能に生まれたわけじゃないのに！

だからとでも言うように、僕は怒号を上げながら、龍の方へと振り向く。

そこには、漆黒が広がっていた。でも、所々僅かな光が差している。

それは、龍の足だった。足の指の隙間から、僅かに光が覗《のぞ》いている。

自分が踏み潰されそうになっているのだと気づいた時には、もう逃げ場はなかった。

圧倒的な死が、こちらに向かって振り下ろされる。

だけど僕はそこから目をそらさず、こちらに向かってくる奴の足裏に拳を振り上げて。

ただただ圧倒的な暴力に、押しつぶされた。

疑問を差し込む余地もなかった。腕がひしゃげて足が捩《ね》じ切れ、体が歪《いびつ》に潰される。

体内の臓物が圧迫されて、それらは裂けた体から我先にと鮮血と共に噴き出した。

僕の頭はシャンパンのボトルを開けた時のコルクのように、放物線を描いて飛んでいく。

視界が真っ赤に染まる中、僕が死ぬ前に見たのは、歓喜の叫びを上げる龍の姿だった。

こうして、僕はあのモンスターに殺されたのだ。

しかし瞬《まばた》きした瞬間、僕は当たり前のように無傷で殺された場所に立っていた。

……え？　な、にが？

そう疑問に思った瞬間、激痛が僕の精神を襲う。

激痛に呻《うめ》き、その場に崩れ落ちて、のたうち回った。つまり、僕には体があるのだ。

……さっき踏み潰されて体がぐちゃぐちゃになって殺されたのに、なんで？

僕の呻き声を聞き、ダンジョンのボスがこちらに振り返る。

そして、警戒するようにモンスターは一歩後退した。

それはそうだろう。何せ、今踏み殺したばかりの僕が背後で生きているのだから。

……生きて、いる？

そうだ。僕は、生きている。死んでいるのに、生きている。

この空間では、僕らは死なないのだろうか？

そう思った瞬間、僕は首を振った。

……いや、違う。死なないんじゃない。死ねないんだ。

『臨界せしシーグル』は、対象の肉体と精神を切り離して封印する道具だ。

だからここには、精神だけになった僕と龍だけしか存在していない。

僕らの精神しか、存在しない空間なのだ。
つまり、精神がどれだけ傷つこうとも、互いの肉体は傷ついていない。
無事なのだ。僕の体は。当然、あの龍のモンスターの体も。
だから、死ねない。ここではある意味、僕らは擬似的な不死なのだろう。
そう理解した瞬間、僕は強烈な熱を感じて顔を上げる。
眼《め》の前に、紅蓮《ぐれん》の炎が広がっていた。龍が、ブレスを吐いたのだ。
今度こそ、僕を殺すために。
ここでの死を経験していないあいつは、ここでは死ねないと気づいていないのだ。
灼熱《しやくねつ》の業火が宙を疾駆し、僕を呑《の》み込む。
一瞬にして僕は燃え上がり、皮膚を焼く酷痛を抱きながら絶命した。

そしてまた、死ねない僕は意識を取り戻す。焼かれた激痛を伴いながら。

二度の死を経験し、僕は『臨界せしシーグル』の効果を正確に理解し始めていた。
封印された、利用者と対象がどうなるのか、を。
僕とダンジョンのボスである龍は、死ねない。それはわかる。
また、ここで活動できる精神は、封印前の肉体にある程度依存するのだろう。

例えば、体の大きさ。
言うまでもないが、あの龍は僕より巨大。象が蟻《あり》を潰すより容易《たやす》く、僕を踏み殺せる。
例えば、奴のブレス。
灼熱や吹雪、そして雷や毒霧などを吹きかけられたら、僕なんてひとたまりもない。
精神と肉体を切り離しても、この空間では封印前の力を振るえるのだ。
だから僕も、封印される前の力は使うことができる。
そう、力があれば、龍に抗《あらが》うこともできるだろう。でも——
……無能な僕が持っているのは、ハズレスキルだけだ！
その推測が正しいとでも言うかのように、龍は嘲笑した。
奴も、この場所について理解し始めたのだろう。
ここは死んでも生き返る所で、僕には奴に抵抗できるような特別な力はない、と。
そこからは、奴の独壇場だった。
傍若無人な暴虐で凶暴な暴力が、僕に向かって振るわれる。
龍は僕が生き返る度に、立て続けにブレスを吐き出してきた。
炎で皮膚が焼け、凍えて体が砕け、稲妻に全身が貫かれ、毒に体が溶かされていく。
死ねないこの場所で、僕は多種多様な死と激痛に曝《さら》されていた。
それでも僕は殺されながらも、あの龍から決して目を逸《そ》らすことはない。

でも、できるのはそれだけだった。
奴の一挙手一投足を視《み》ながら繰り返されるのは、延々と続く死という絶望だ。
対照的に、龍はこの空間で活《い》き活《い》きとしながら、嬉《き》々《き》として僕を殺戮《さつりく》しまくる。
封印された恨みを全てぶつけるように、ブレスを吐き、尾を振るい、爪を突き立てた。
奴は、自分の持つ全ての攻撃手法で僕を殺し、殺し、そしてまた殺していく。
時には、僕の神経に無数の蟻が走り回るような激痛が走り。
時には、僕の細胞一つ一つを丁寧に切り分けたような喪失が起こり。
時には、僕の内臓がそれぞれ煮えながら氷結し感電して腐り落ちていく感覚を得る。
何千何万という死を経験する中で、僕はそれでも、あの龍を『視』続けていた。

――――――――
――――――
――――
……

もう、どれぐらいの時間が経《た》っているのかもわからない。

もう、どれほどの苦痛を経験してきたのかもわからない。

痛覚は麻痺《まひ》して、痛みも苦しみも感じるのに、それら全てが鈍くなっている。

絶え間なく訪れる死の奔流。濁流に呑まれる木っ端のように、僕は何もできなかった。

できるのはただ、僕を殺す龍を自分の眼で視続けることのみ。

そして、今もまた死んだ。その自分の死を、僕はどこか高いところから見下ろしている。

でもそれ以上に、周りを俯瞰《ふかん》してよく『視る』ことができた。

あの龍は相変わらず、僕を殺すことにご執心のようだ。

もう随分と僕を殺しているのに、そろそろ飽きてこないのだろうか？

……いや、ここではそれ以外、あいつはやることがないのか。

そういう意味では、あの龍も随分前に狂ってしまっているのかもしれない。

この封印が解けない以上、この広いだけの空間でやれることなど限られている。

そう思うと、こちらを睥睨する龍も哀れに思えて、久々に僕は笑った。

龍はそれを嘲りと受け取ったのか、怒り狂ってブレスを吐き出す。

殺されながらも、僕の心は冷えていった。

……なんで、お前が怒ってるんだよ。

怒っているのは、自分の人生を笑われた僕の方だ。

最初に嘲笑われた時から、僕はずっと、あの龍に対して怒りの感情を持っている。

だから今まで、僕は――
どれぐらいの時間が経っているのか、わからなくなっても。
どれだけ無惨に残忍に凄惨《せいさん》に殺されたとしても、この眼を決してそらさなかったのだ。
……今ので僕が殺されたのは、九千九百九十九万九千九百九十九回目だ。
僕はずっと、数えていた。
時間感覚がわからなくても、自分の死は視続けてきたのだ。
殊《こと》視ることに関して、僕が見間違えるはずがない。
僕に与えられた、その死の数々を。そしてその度に、より強くなっていった。
あの龍に対して感じていた、怒りという感情が。
……生きて、いたいのに。
それでも僕は、殺された。
無理だとわかっている。でも、どれだけ殺されたのだとしても。
僕にはまだ、あのかけがえのない記憶が、自分の中で燦然《さんぜん》と輝いていた。
……変わったかも、しれないのに。
生きたいと、本気で思えた。
紅葉《もみじ》柄の猫と過ごす日々が、ずっと続けばいいと今更ながら思えた。
そしてようやく、僕の話を信じてくれる人とも出会えた。

諦観と観念と諦念だけの僕の人生が、ようやく何か変わりそうだったのに。

ようやく自分の人生に、光が差し込んだと、そう思ったのに。

コイツを封印することは、確かに僕が望んで行ったことだ。

でも、元はといえばこの龍が、コイツさえいなければ、僕はこんな目にあっていない。

龍が吠《ほ》えて、また殺される。それと同時に、僕の中に更に怒りが積み上がった。

……これで、一億回目だぞ。

コイツがいなければ、僕はもっとあの猫とも一緒にいることができた。

カーティスからも、彼の町の燻製《くんせい》料理を勧めてもらった。

お酒の飲み方を教えてもらえることにもなっていたのだ。

……本当に、楽しみにしてたのに。

久々に、未来への希望を感じていた。

カーティスの国に誘ってもらえていたから、出家の問題もどうにかできたかもしれない。

でも、それはなくなった。そうでは、なくなった。

それらは全て、コイツと封印されたことで経験することができなくなったのだ。

……ふざけるなよ！

無能でハズレスキル持ちの僕は、確かに弱い。

でも力がどれだけ弱かろうとも、心まで弱者であり続ける必要なんて、どこにもない。

そもそも――

……最初からこっちは、お前に魂で負けたつもりはないんだよ！

復活した僕を、龍が笑いながら見下ろしている。
その奴《やつ》の顔を、僕は改めてハッキリと両眼で見据えた。
『鷹鴉眼《ヨクミエルヒトミ》』のスキルで、龍の表情がよく視える。視すぎて、もはや見飽きた顔だ。
龍は嘲笑しながら、僕を殺そうとブレスを吐き出す。
でも僕はその前に、既に走り出していた。しかし結果は変わらず、僕は殺される。
だが龍の方は、首を僅かに捻《ひね》った。今までと、何かが違うと思ったのだろう。
でも、すぐに奴は気の所為《せい》だったとでも言うかのように、簡単に僕を殺し続ける。
僕を焼死、凍死、感電死させて毒殺した。
しかし僕はそれら全てに反応し、更に龍に向かって距離を詰めていく。
だがそんな僕の行動を気にした様子もなく、龍は嬉々として僕を殺す。
でも、僕の歩みは止まらない。死にながら奴の攻撃を視つつ、その先を視ている。
俯瞰し、どう動けばあいつの攻撃を避けられたのかを視ている。
俯瞰し、どういう原理であいつが攻撃を繰り出すのかを視ている。

俯瞰し、あいつの体、そのどこが反応しているのかを視ている。
僕には、視ることしかできないから。
無能な僕が唯一持っている力は、これしかないから。
だから僕は、『鷹鴉眼《ヨクミエルヒトミ》』で自分の敵を視続ける。
そうやって。
更に九億九千九百九十九万九千九百九十九回の死の経験という怒りを蓄積した頃。
今まで聞いてきた中で、龍が一番大きな咆哮《ほうこう》を上げているのに気がついた。
そう、思ったのだが、違う。僕と龍の距離が、ほぼなくなっていたのだ。
奇《く》しくも僕がいるのは奴の足元で、そこはかつて魔導具を突き立てた所だった。
『臨界せしシーグル』で僕が付けた傷口が視える。
その場所に手を伸ばしながら、僕は口を開いた。
「ここからは、僕の——」
そう言った後、僕はすぐに首を振る。
ようやく、怒りの矛先である龍に自分の手が届いたのだ。
なら、この溜《た》まりに溜まった怒りを爆発させるのに、相応《ふさわ》しい振る舞いをすべきだ。
だから再度、口を開く。

「ここからは、俺の番だ」

そう言った瞬間、俺の脳裏に文字が刻まれた。


〈スキル進化のための、累積経験値を満たしました〉

〈スキル『鷹鴉眼《ヨクミエルヒトミ》』は、『天冥眼《スベテヲミトオスヒトミ》』に進化しました〉


……累積経験値？

そう思った瞬間、俺の左目に激痛が走る。

まるで眼球の内側から、何かが突き破って這《は》い出してくるような痛みだ。

手で左目を押さえて、俺は身をかがめる。しかしそれは、痛みのためではない。

……眼《め》が、『視え』すぎる！

そう思いながら、俺は前転をするようにして回避行動をとる。直後、突風が吹き荒れた。

一拍前まで俺が立っていた場所に、龍の足が振り下ろされたのだ。

粉塵《ふんじん》が上がるが、それを横目に俺は既に走り出している。

次に龍が尾を振るはずだと、何故《なぜ》か俺には確信できていた。

……なんだ？　この感覚。

体の動きから、視線の動きに、奴の吐く息遣い。

今までも『鷹鵜眼《ヨクミエルヒトミ》』で、龍の動きはよく視えて《視えている》いた。

でも今は、より深く龍の動きが理解できる。

骨の軋《きし》みや血液の流れに筋肉の伸縮。呼吸の仕方から内臓の動きと、身体《からだ》の中身が視えるのだ。

自分の視界に戸惑っている俺の脇を、龍の尾が通り抜けていく。

強風に髪が乱されるが、来るとわかっている攻撃なので体勢は乱されない。

余裕を持って攻撃を躱《かわ》す俺に、龍は苛立《いらだ》ったように咆哮を上げる。

その声の余韻が消え去る前に、奴は更に口を大きく開いた。

ブレスを吐き出すつもりなのだろう。確かにそれは、わかっていても避けようがない。

今までどう足掻《あが》こうとも、避《よ》けることができなかったのだから。

しかし俺は、全く動じていなかった。何故なら――

「ようやく、わかってきた。この眼の使い方が」

そうつぶやくのと、龍が灼熱《しゃくねつ》の業火を吐き出そうと奴の顎にそれを溜めるのはほぼ同時。

龍の喉元が広がり、その中で幾何学模様が輝くのが視える。

その模様から炎が次々に湧き上がり、互いを喰《く》らい合って膨張し続けていた。

更にそれが弾《はじ》けたように、奴が灼熱をこちらに向けて吐き出した。

そして、俺が奴と全く同じ炎を放ったのも、同じタイミングだった。
龍の瞳が、驚愕《きようがく》で見開かれる。
その様子を見ながら、俺は小さく頷《うなず》く。
……視《み》える。あの龍が、どうやって炎を生み出しているのか、その全容が。
そう思った直後、龍のブレスと俺の業火が激突した。
二つの極熱は互いを撃砕し、相手を呑《の》み込もうとし、そしてついに圧砕する。
宙に焦熱の花弁が咲いて、赤々と舞った。その火花一つ一つもよく視える。
散りゆく朱の色を美しいと感じる余裕を得ながら、俺は奴を一瞥《いちべつ》した。
「お前のブレス、実は魔法だったんだな」
そう言いながらも、俺はあの龍と遭遇した時のことを思い出す。
あの時俺には、この龍がダンジョンに突然現れたように感じられたのだ。
翼を使っての飛行にしては予兆がなさすぎたと思っていたのだが――
……なるほど。あれは、魔法で移動してきていたんだな。
そう納得しながら、俺はモンスターへ視線を向ける。
龍がこちらに向かい、炎の威力を強めたブレスを吐く。
だがそれを視て、俺も火力を上げ、それを迎撃した。
奴の繰り出す攻撃を、その全てを、今の俺は完璧に理解できている。

理解できているのなら、俺だって龍と同じ魔法を使うこともできた。
奴は炎では埒《らち》が明かないと思ったのか、今度は凍《い》てつく吹雪を吐き出す。その前に。
俺は、これから龍が吐こうとしているものと全く同じ吹雪を奴に向かって放っていた。

凍える風がぶつかり合うも、龍の体が後ろに押される。
俺の吹雪の発動が早かったため、奴の方が衝撃波の影響を受けたのだ。
今度は明確に龍は慌てふためきながら、たたらを踏んで後ろへ下がる。
『天冥眼《スベテヲミトオスヒトミ》』は、眼に映ったものを理解し、自分の力にできるスキルだ。
だから龍が吐き出す前に、その口に発動する奴の魔法を視れば。
俺は視た瞬間、その力を理解することができる。
「どうした？　さっきまでの、いや、今までの威勢は」
無力だと思っていた俺からの反撃に、龍は警戒したようにこちらを睨《にら》んで唸《うな》っている。
「まぁ、お前がどういうつもりであろうとも、まだまだ付き合ってもらうぞ」
……何せ、まだ俺の怒りは収まっていないんだからな。
言うが早いか、俺は奴からコピーした魔法を放っている。
それに対抗するように龍は雷や毒を吐き、次に暴風や地面を砕く魔法を放つ。

更に奴の巨体はどうやら重力で操っていたらしく、その力もこちらにぶつけてきた。
無論、それらは全て魔法によるもので、他にも無数の魔法が俺に向けて放たれる。
いつの間にか龍の表情からは余裕がなくなり、全力で俺を殺そうとしていた。
だが、その殺意の込められた力は全て、俺に視られた以上、全てが俺のものとなる。
龍からコピーした力なので、俺の放つ魔法も当然奴の力と完全に拮抗《きっこう》した。
焦燥感すら漂わせ始めた龍を見て、俺の中に疑問が生じる。
……コイツ、弱すぎないか？
進化したとはいえ、俺のスキルは元々ハズレスキルだ。
無能な俺に抑え込まれているこの龍は、実はそんなに強くないのではないだろうか？
「お前、実は大して強くなかったのか？」
思わず溢《こぼ》れたその言葉に、龍は激昂《げきこう》したかのように咆哮を上げて、俺に躍りかかる。
魔法という小細工を使わない、自身の超質量を使った物理攻撃だ。
自らの勝利を確信した表情を浮かべる龍を、俺は素直に称賛する。
……確かに、俺はそれをコピーすることはできないな。いや、しても意味がない。
俺の眼は映った全てを解き明かし、自分の力に変えることができる。
だから龍の一連の動作が、俺には全て理解できていた。
しかし躍りかかる動作をコピーしても、俺は奴のような巨体は持ち合わせていない。

だから俺は、今奴の攻撃を相殺する物理攻撃の手段がないのだ。
それでも――

「お前、やっぱり弱いだろ」


そう言って、俺は龍が随分前に放った毒霧の魔法を、奴に向かって盛大に放つ。

焦りからか、奴はコピーされてもいい攻撃に固執しすぎていた。

……コピーできない力を出してくるなら、コピー済みの力で対抗すればいい。

自らの失策を悟った龍は強引に体を振り、翼を使って毒霧から離れるように飛んでいく。

それを視た俺は跳躍して、一瞬で奴の背後へと迫っていた。

「なるほど。今は身体強化の魔法を使って強引に体を動かしたのか」

コピーした身体強化を自分に使い、俺は龍の背骨を折らんばかりに蹴り飛ばす。

肉が抉《えぐ》れて骨が粉砕する音が響き、断末魔の声を上げながら龍が落下していった。

それを視ながら、俺は重力魔法を使ってゆっくりと宙から降りていく。

龍はその口から光の奔流を放つが、即時俺も同様の力で対抗した。

光と光がぶつかり合い、辺りを白一色で全て塗りつぶしていく。

あまりの眩《まぶ》しさに、龍が一瞬怯《ひる》んだ。

その隙に、俺は魔法で奴《やつ》へと急速接近。喉笛を捻《ひね》り潰して再度絶命させる。
しかし、すぐに龍は復活した。
だが、死んでいるのに死んでいないという状況に、龍が戸惑っている。
……気持ちはわかるよ。俺もそうだったから。お前に散々やられたからな。
死ねないという絶望感は、味わったものにしかわからない。
だが戸惑っているその隙を、俺もみすみす逃したりはしなかった。
『天冥眼《スペテヲミトオスヒトミ》』で解き明かした奴の力を十全に使い倒し、龍を蹂躙《じゅうりん》していく。
「そういえば、さっきの物理攻撃は、重力魔法を使えば同じことができるのか？」
そうつぶやきながらも、俺は龍に向かって躍りかかる。
俺は確かに奴ほどの超質量はないが、魔法の力で体重を増やすことはできる。
果たして俺の予想は当たったようで、龍が俺の体に押しつぶされた。
むしろ龍より体が小さいことで、俺の攻撃の方がダメージの密度が高まっている。
龍が悲痛で悲惨な悲鳴を上げるが、知ったことではない。
絶命し、復活した龍は、しかしまだ俺を睨む瞳に、力が宿っていた。
殺された怒りを俺にぶつけるように、奴の口が七色に輝く。
どうやら、七種類の魔法を混合させたブレスを繰り出そうとしているみたいだ。
「一応、弱いなりに色々考えているわけか」

当然だが、奴の魔法が複雑化すればするほど、俺がコピーするのに時間がかかる。

奴の力を俺が理解する前に攻撃をこちらに加えようというのが、龍の考えなのだ。

しかし――

「言ったはずだぞ？　俺の番だ、と」

そう言って、俺は龍の方へ手を伸ばし、空気を握りしめるように指を閉じる。

直後、龍の口に宿っていた七色の光が砕けて、霧散した。

起死回生の一撃が突如として消え去ったことに、龍は混乱したように辺りを見回す。

そんな龍に向かい、俺は薄く笑った。

「俺がお前の力をコピーできると気づいてるんだろ？　なら、何故その先も気づけない？」

俺のスキルなら、眼に映った全てを解き明かすことができる。

逆の言い方をすれば――

「その力を、無効化できる方法だってわかるはずだ、って」

そう言って俺は、先程見た七種類の混合魔法で龍を跡形もなく吹き飛ばす。

断末魔の声すら上げる間も与えず、龍は一瞬で消滅した。

そして、また復活する。

だから俺は、奴の方へと歩き始めた。

「それじゃあ、また始めようか」

そして俺は、奴を更に惨殺し、殺戮《さつりく》し、意識を取り戻した瞬間に鏖殺《おうさつ》し続ける。

残虐にして暴虐であり、大虐たる殺戮を、俺は一方的に行っていた。

「どうした？　まだ使ってない力、あるんだろ？　早く出せよ。それで殺してやるからさ」

龍はその身を捩《よじ》り、なんとか魔法を紡いで俺から逃げ延びようとする。

でも、無駄だ。

今の俺には、逃げ惑う龍の一挙手一投足が手に取るようにわかる。

使う力が同じで相手の動きがわかるのなら、今の立場を逆転させる余地は残っていない。

一方的に龍の暴力に曝《さら》されていた俺が、今度はその逆の立場に回っている。

何千何万何億という死を経験させられた俺が、今度はそれを相手に行っていた。

気づけば奴が持ち得る力全てを視るため、俺が経験した数と等しい死を龍に与えていた。

すると、自分の中に蓄積されていた怒りがなくなっていることに気がつく。

殺された分殺し返したので、気が晴れたのだろう。

見ればあれほど威勢のよかった龍は意気消沈し、今では両手で頭を抱えて震えている。

奴にやられたことをやり返しただけだが、俺も無数の死を受ける苦しみは知っていた。

そういう意味で俺のこの苦しみを共有できる相手は、あの龍以外存在していない。

蓄積された怒りが霧散したことで、徐々に思考は別のことを考えていく。

……この封印されてる空間で話し相手になりそうな存在も、そういえばあの龍だけ、か。

もはや勝敗は決したと言っていいだろう。
俺が見ていない力も、奴には残っていないようだ。
だとすると、もはや俺には、あの龍と戦う理由がない。
そう思うと、俺はゆっくりと龍の方へと歩き始めた。
遅まきながら、あの龍と暴力以外のコミュニケーションを取ろうと、口を開く。
「おい」
しかし、龍は俺の言葉に過剰に反応して、余計にガタガタとその身を震わせるだけだ。
今まで殺し合いを続けてきた関係なのだから、ある意味当たり前の反応ではある。
自分を殺し続けた相手と会話したいだなんて、まともな精神では思わないだろう。
……でも、困ったな。このままずっと誰とも何も話さずに、封印され続けるのか。
それはそれで、やることがなさすぎて精神的に死んじまいそうだ。
そう思い、再度龍の方へ視線を送る。そこで俺は、違和感に気がついた。
……なんだ？　あの龍にまとわりついているのは、黒い靄《もや》か？
スキルが進化したためか、今まで以上に龍のことがよく視《み》える。
戦っていた時には気づかなかったが、何か魔法みたいなものがかけられているようだ。
怒りで、視野が狭まっていたのだろう。
改めて俺はそれがなんなのかを把握するため、もっと龍のことをよく視ていく。

巨大な龍のモンスターの周りには、やはり黒い靄が漂っていた。
その靄の発生源は、あの龍の体だ。
そしてあの靄こそが、龍の体を形作っているものだと俺は気づく。
……あのモンスターの体が、そもそも黒い靄だってことなのか？
実際に物理的な質量を持ってはいるが、あの龍の体の正体は、今視ている黒い靄だ。
だとすると龍の中には何かがいて、そこから靄が吹き出しているということになる。
……あの龍の中に、いや、あの黒い靄の中には、一体何があるんだ？
そう思うのと同時に、俺の左目が疼《うず》いた。
俺の瞳には、もはやあの龍は完全な黒い靄の塊に視えている。
その見かけがモンスターに見える靄の中に何がいるのか、既に俺の眼《め》には視えていた。
女の子だ。
一人の女の子が、膝を抱え、苦しそうに呻《うめ》きながら泣いている。
……でも、あれは本当に人間なのか？
少なくとも、俺の眼にはそうは視えない。
人間というにはあまりにも神々しく、気高く、そして存在感がある。
眼が、離せないのだ。
……ひょっとして、神様、なのか？

そう考えると、龍の中にいる彼女が人間離れしている理由も納得できる。
……そうか。神様。あの子は、女神だったのか。
だからあの龍の吐くブレスは、魔法だったのだ。
女神なら、尋常ならざる種類と威力の魔法を使うことだってできるだろう。
そして、そんな女神が中にいるあの黒い靄の正体も、俺には視えている。
……あれは、呪いだ。
それも神すら狂わし、モンスター化させ、龍の異形へと変えてしまうほどの呪い。
視れば視るほど禍々《まがまが》しく、視ているこちらも強烈で猛烈で激烈な不快感を感じる。
それを理解したのと同時に、俺は腑《ふ》に落ちたように小さく頷《うなず》いていた。
……そうか。あの龍が弱く感じたのは、女神が呪いをかけられていたからか。
戦闘中、コピーされてもいい攻撃に固執したりと、判断がおかしなところがあった。
あれはつまり、呪いの影響で女神が弱体化していた影響なのだ。
黒い靄の中にいる女神の苦しみようからも、彼女が全力を出せたとはとても思えない。
俺が勝てたのは、あくまで幸運に幸運が重なった結果なのだ。
そう思いながらも、俺はあの龍に、女神に向かって、手を伸ばす。
俺のスキルなら、眼に映った全てを解き明かすことができる。
だから俺には、あの呪いをどうすれば解けるのか、そこまでハッキリと視えていた。

黒い靄の中にいる女神を包み込むように指を折り曲げ、俺は口を開く。

「解呪魔法、発動」

俺が言葉を口にしたその瞬間。空気が割れる音がした。

俺は掌に、卵を殻ごと握り潰したような感触を得る。

黒い靄にヒビが入っていき、やがてガラスが粉々に砕けたように木っ端微塵《こっぱみじん》となった。

龍の体は四散していき、崩れ落ちていくそれらの中には、あの女神の姿もある。

塵芥《じんかい》となったモンスターの体と共に、女神の体も落下していく。

彼女が完全に落下する前に俺は跳躍すると、空中で女神の体を抱きかかえていた。

既に理解している身体強化と風魔法を併用すれば、これぐらいの芸当、朝飯前だ。

女神を抱えながら重力魔法を使いつつ、俺は羽が舞い降りるように着地する。

そのタイミングで女神が呻き、震えながら瞼《まぶた》を開いた。

揺れる美しい藍色の瞳が、俺を捉える。

彼女は弱々しい口調で、俺に向かって問いかけてきた。

「どう、してです、か？」

「……何がだ？」

「どうして、私を助けてくださったのです？　あんなに、酷《ひど》いことをしてしまったのに」

「自分で身体《からだ》を動かす自由はなかったようだが、呪われていた時の記憶があるのか」

そう言うと女神は申し訳なさそうに目を伏せ、小さく頷いた。

「正気を失っていたとはいえ、私はあなたに、他の方にも迷惑をかけてしまいました」

「だが、あなたも苦しんでいた。苦しんでいて、さっきも助けを求めていた」

そう言うと、女神は戸惑ったように声を上げる。

「そう、ですが。でも、呪われていた私の声を聞くことなんて、できないはずでは？」

「ああ、聞こえなかったよ。でも、俺には『視えて』いたから」

黒い靄の中で呻く女神の小さな唇が、確かに助けてと、そうつぶやいた所が。

「確かにあなたは、酷いことをした」

新しく生まれたダンジョンの中にいたため、彼女が起こした被害は小規模なものだろう。

でも確かに、被害者はいた。

俺とあの猫が別れるきっかけを作ったのは、間違いなく彼女だ。

そして、これから新しい世界を見せてくれたであろうカーティスと引き離したのも。

「でもそれは、あなたの責任じゃない。元凶はあの呪いだ。そうだろう？」

人は見た目では、腹の中で何を考えているのかなんて、わからない。

でも俺には、この眼がある。

女神が龍となったのは、呪いをかけられたのが原因だ。

そしてその黒い靄の中で、自分ではどうにもできない状況に、彼女は苦しんでいた。

だから俺は、彼女が流す涙を、どうにかして止めたいと思ったのだ。

それに――

「どうしようもない程狂っていたとしても、俺一人ぐらいいてもいいだろう」

「何が、でしょう？」

「君が、一人の女の子が幸せに生きていてもいいんだと、そう思うことをさ」

声を上げられず、自分の意見も聞いてもらえない辛《つら》さは、俺も知っているから。

そう言うと女神は驚きで、目を見開く。

「お気づきだと思っていたのですが、私はその、人間ではありませんよ？」

「多分、女神なんだろ？」

「おわかりになられているのでしたら、どうして私のことを女の子扱いされるのです？」

「どうして、って言われてもな……」

カーティスから実在していると聞いていたが、神様と話すのは人生で初めてだ。

だから正直、どう接するのが正しいのか俺にはわからない。

わからないから、自分の思っていることを正直に言うしかなかった。

「たとえあなたが女神でも、俺には一人の可愛《かわい》い女の子にしか視えないよ」

「か、可愛い女の子って！　こ、こっちは何百年生きてると思ってるんですか、もうっ！」

声を震わせる女神の声を聞きながら、俺は改めて腕の中にいる彼女へ視線を向ける。

先程は可愛いと言ったのだが、どちらかといえば女神の顔立ちは美しい。

神の名に反せず、人間離れした美貌の持ち主だ。

肌も白磁器のように滑らかで、体も彫刻のように整っている。

流れる青い長髪は、まるで高級な布のような艶《つや》やかさだ。

髪が一房金色になっている所も、彼女の神聖を表現しているようにも見える。

そんな女神はというと、突然赤面しながらバタバタと手足を動かし始めた。

「あ、あの！　そ、そんな、まじまじと見ないでください！　恥ずかしいですからっ！」

「わ、ちょ！　急に暴れるな！　危ないだろうが！」

完全に不意をつかれる形となり、俺はバランスを崩して女神を抱えたまま倒れてしまった。

結果として、意図せず女神を押し倒してしまったような姿勢となってしまう。

いてて、と下を見れば、女神が火が出そうな顔色となっていた。

「ちょ、早、いきなり、早すぎますよ、こういうの！　ど、どいてくださいっ！」

「悪い。すぐにどくから」

そう言って立ち上がった後、俺は女神に向かって話しかける。

「そういえば、自己紹介がまだだったな」

かなりの時を一緒に過ごしてきたけれど、龍と俺は今まで言葉を交わしてこなかった。

本当に遅まきながら、俺は女神に向かって手を差し出す。

「俺の名前は、ラディ・ブロンゼツウィストだ。ラディと呼んでくれ」

そう言った俺の手を、女神が優しく握りしめる。

「私の名前は、アエリアといいます。私のこともアエリアと呼んでください、ラディ」

握手を交わした後、アエリアが俺に向かって頭を下げた。

「それから、遅くなりましたが、呪いを解いてくださり、ありがとうございました」

「礼を言われる程のことはしてないよ。それにあれは俺が勝手にやったことだから」

「いえ、本当に助かりました。もう二度とこの姿には戻れないと、諦めていましたから」

そう言った後、アエリアは小首を傾《かし》げる。

「でも、ラディはどうやって私の呪いを解いたんですか？」

かなり高度な呪いだったと思いますけど、とアエリアは続ける。

その言葉に、俺は自分の頭をかいた。

「説明するのが難しいんだが、俺にはスキルで『視える』んだよ」

「視える、ですか？」

そう言った後、アエリアは何かに気づいたように俺の方へと向かってくる。

そして俺の頬に手を伸ばして、こちらの瞳を覗《のぞ》き込んだ。

「この、左目で『視てる』んですね？」

「ああ、そうだ。この眼に映った全てを解き明かすことができるスキルなんだ」

「……なるほど。だからモンスター化していた私の魔法も、これで解析したわけですね」

「その通り。これで同じようにアエリアにかけられていた呪いも解析したんだ」

そう言うと、アエリアが感心したように、腕を組む。

「相手の力を解析できるから、それに必要な対策も立てられるというわけですか」

「そういうことだ」

「……なら、ラディ。試して欲しいことがあるのですが、いいですか？」

「試したい、こと？」

「ええ。私たちにかけられたこの封印を、ラディの眼なら解けませんか？」

その言葉に、俺は純粋に驚く。その反応が想定外だったのか、アエリアが笑った。

「正気に戻ったのですから、ここから出たいと思うのは当然だと思いますが」

「それは、そうだが」

でも、その考えは自分の中で盲点だった。

何せ、ずっとこの封印の中で生きていくしかないと思っていたのだから。

……というか、龍への怒りでそれを晴らすことに集中していたからな。

一点に集中しすぎて周りが見えなくなっていた。

カーティスに自分のことを話した時に使った言葉だが、今回もその通りになったようだ。

「それじゃあ、スキルを使ってください。私ももちろん、サポートしますよ」

そう言うとアエリアの周りに、青や緑といった光が浮かび上がる。

それは女神を中心に螺旋《らせん》を描き、そしてその螺旋は俺の方へと伸びてきた。

その光はやがて鎖のように俺の身体にまとわりつき、それ自体が複雑な模様になる。

アエリアがダンジョンのボスになっていた時には、使わなかった魔法だ。

「これは、補助魔法？」

凄《すご》い魔法だ。俺という存在の、その全てが底上げされているように感じられる。

「説明が省けるので視《み》てもらえて助かります。一通りの補助は加えたつもりなのですが」

そう言った後、アエリアはいたずらっぽく笑った。

「そして、こっちは特別ですよ」

次にアエリアが発動したのも、補助魔法だ。

しかし、先程のものとは違う。

そう感じた直後、俺の脳裏に文字が刻まれた。

〈神からの祝福により、スキルの強化を確認〉

〈スキル『天冥眼《スベテヲミトオスヒトミ》』は、『久遠到彼眼《コノヨノコトワリヲスベルヒトミ》』に進化しました〉

その瞬間、俺の左側の前頭部に激痛が走る。

ハズレスキルが進化した時に感じたものと同じ、いや、それ以上の痛みだ。

『鷹鵜眼《ヨクミエルヒトミ》』が『天冥眼《スベテヲミトオスヒトミ》』に進化した時は、累積経験値がキーとなっていた。

それは恐らく、スキルを使ったり、龍と戦ったことで得られるものなのだろう。

しかし今回スキルが進化したのは、全く別の要因らしい。

その痛みに耐えながら、俺はアエリアに向かって口を開く。

「これは、スキルの性能向上に特化した補助魔法なのか」

「ええ。そうです」

そう言って、アエリアは自信満々に頷《うなず》く。

「私が力を貸してるんです。あなたに視えないものなんて、もうこの世に存在しませんよ」

「……そうだな」

無能な俺一人なら、神が作ったシーグルの封印を解くことなんて不可能だったろう。

しかし、今は女神のアエリアが協力してくれている。

今の俺なら、世界を暴き、久遠を見通し、全てをこの眼下に晒《さら》し尽くせるだろう。

だから俺は、俺たちを封印する空間そのものにこの眼《め》を向ける。

肉体から切り離した精神だけを封印する、この世界そのものをこの眼で理解するために。

俺の左目が熱くなり、同じく左前頭部が内側から焼き切れるように熱くなる。

視界が真っ白に染まっていきそうなのに、どこまでも見通せるような全能感。
前を視ているはずなのに、何故《なぜ》だか俺の後ろの光景が視えている。
右側を視ているのにもかかわらず、左側がよく視えた。
静と動。陰と陽。この眼に映る全ての虚実と過現未が混じり合い、集約しながら発散。
飛散しながらも結合する、それら全てを理解した時。
俺は肉体と精神の結びつきそのものを理解した。
「アエリア。『視えた』ぞ」
「言ったじゃないですか。あなたに視えないものなんてこの世に存在しない、って」
そう言って、アエリアが俺の方に手を差し出す。
俺は彼女の手を取ると、眼の前に向かって手を差し出した。
広げた手、その指を一本ずつ折り曲げていき、俺はつぶやく。
「封印、解除」
そう言った瞬間。世界が、砕ける音がした。
俺は掌に、この世界を握り潰したような感触を得る。
指の隙間から、潰れたそれらが漏れ出して、地面に向かって零《こぼ》れ落ちていく。
それらが地面に落ちる刹那、立っている足元が喪失したかのような浮遊感を得た。
そして前方から、暴風に次ぐ狂風に烈風が吹き抜けてくる。

切り離された肉体と精神が、元に戻り始めているのだ。
俺の精神が肉体と結びついていく度、自分の体が感じる風の抵抗を認識した。
あまりにも長く肉体と離れていたため、空気の抵抗すら重く感じられる。
風が更に強まり、今度こそこちらの体を吹き飛ばそうと、その威力を増した。
でも、それも徐々に慣れていき、俺は五感を取り戻していく。
そして。
ついに。
自分の精神と肉体が、完全に結合した。
足元から、現実の地面を踏みしめている感触がある。
肌から、ジメッとした空気を感じた。ゴツゴツとした壁面を見て、俺は確信する。
……帰って、きたんだ。俺は、あのダンジョンに。
俺がそう思うのと、アエリアの悲鳴が聞こえたのは、ほぼ同時。
何事かと、俺は慌てて女神の方へと振り向いた。
だが手を繫《つな》いでいる彼女がしゃがんだため、俺の視線も自然と下に向けられる。
そこで俺が視たものは——
「どうして私だけ裸なんですかっ！」
言われて、俺は自分の姿を確認する。

多少身長も伸びて体つきはよくなった気がするが、着ている服は当時のもの。

カーティスと一緒にダンジョンへ入った時の、あの服装だ。

「つまり、封印する時の姿としてもとに戻った、っていうことか」

「……それ、封印される前は私が龍だったから裸のままになってる、ってことですか？」

「恐らく」

「……はぁ。もういいです。なければ、作ればいいわけですし」

そう言うとアエリアは魔法を発動させた。彼女の体を、温かい光が包む。

すぐに衣類が錬成され、青を基調とした服を身に着けたアエリアが現れた。

それはドレスのようであり、着物のような見たこともない服だった。

しかし、どこか神聖な感じがするその衣服は、女神の彼女にはとても似合っている。

その女神は、その場でくるりと回ると、いたずらっぽくこちらに問いかけてきた。

「どうですか？　服を着た私は。この服、似合ってますか？」

「ああ。とても可愛《かわい》いぞ、アエリア」

「……もう。なんなんですか？　これじゃ、からかいがいがないじゃないですか」

アエリアは顔を赤らめてそっぽを向く。

「いや、アエリアが可愛いというのは、封印されていた時にも伝えていたはずだが？」

「だからそれは、って、こういう機微を期待するのが間違ってるんですよね、きっと」

その言葉の意味もわからず首を傾げるが、女神はただ俺の手を引くだけだ。
「さぁ、行きましょう！　今の世界がどうなってるか、私、早く見てみたいんです」
その言葉に頷いて、俺も足を動かし始めた。
……封印されてから、体感ではかなりの時間が経《た》ったからな。
あの空間とこっちの現実での時間の流れ方については、特に事前知識はない。
でも少なくとも、十年二十年程の月日は、こっちの現実でも経っているだろう。
今のこの世界がどうなっているのか、俺も早く確かめたかった。
俺が救いたかったあの猫も、カーティスも、恐らくこの世での再会は望めないだろう。
猫には寿命もあるし、あの冒険者が町に寄ったのは任務のため。
本来カーティスは別の場所で活動しており、今も現役だとは思えない。
かけがえのないあの光景はもう戻らず、知り合いの居場所も不明だ。
それでも。
……それでも、俺は帰ってきたよ。二人とも。
いや、一人と一匹が、この場合正しいのだろうか？
そう思いながらも、俺はアエリアと共にダンジョンの入口に向かって駆けていく。
途中モンスターと遭遇したが、女神と彼女の魔法が使える俺の敵ではなかった。

三章

「それにしても、今日はいい天気ですね。ラディ」

「そうだな」

そう言いながら、俺とアエリアは鬱蒼《うつそう》とした木々の中を歩いていく。

アエリアが今言った通り、ダンジョンの外、その頭上には青空が広がっていた。

……雨だと、こんなによく視えないからな。

そう思いながら、俺はかつて自分の住んでいた屋敷が建っていた方に視線を向ける。

そこには小高い丘の上に、屋敷が建っている、はずだった。しかし——

……屋敷どころか、丘すらなくなってるな。

そもそも俺がダンジョンに潜った時には、辺りはこれ程木々は生い茂っていなかった。

森というより、樹海のような様相だ。とても人が近くに住んでいるとは思えない。

「俺がかつて暮らしていた町は、もう存在していないみたいだな」

「でしたら、ひとまず近くの町にでも寄りましょう。ラディなら、視えますよね？」

「ああ。だが、俺が視《み》るより彼らに尋ねた方がよさそうだぞ」

「彼ら？」

俺が顔を向けた方に、アエリアも視線を向ける。

そこには、モンスターから逃げ惑う人々の姿があった。

逃げ惑う男女四人を追っているのは、兎《うさぎ》のようなモンスター。

しかし兎といっても、その大きさは通常の兎より五倍程大きい。

更に頭からは巨大な角も伸びており、あれに刺されでもしたら致命傷になりかねない。

「大変です、助けましょう！」

そう言ってアエリアは、一目散に走り出す。その背中を追うように、俺も走り出した。

女神が言ったように、モンスターに追われている彼らを助けるのは俺も賛成だ。

そうであるにもかかわらず反応が遅れたのには、理由がある。それは——

……俺は、勝てるのか？　あの兎に。

俺の戦闘経験は、お粗末にも多いとは言えない。

封印中に戦ったモンスター化したアエリアと、ダンジョンにいたモンスターぐらいだ。

弱体化していたとはいえ、アエリアとの戦闘経験から俺も魔法を使えるようになっている。

自分が全くの無力だとは思っていない、のだが——

……弱かったからな、龍だった時のアエリアは。
その弱いアエリアを倒した所で、俺が得られた力なんてたかが知れている。
ダンジョンにいたモンスターには通用したが、果たしてあの兎に通じるだろうか？
ダンジョンでの戦闘は、崩落の危機もあった。アエリアも、力を抑えていただろう。
そういう意味で言えば、今のアエリアは全力が出せる状態のはず。
制限がなくなった女神の力というものを、俺は視てみたくなっていた。
……ここはひとまず、様子視させてもらうとしよう。
そんなことを考えている間に、もうモンスターは俺たちの眼前に迫っている。
だがモンスターの瞳には、俺たちのことなんて映っていない。
ただただ、目の前の冒険者めがけて突撃しているようだ。
そんな中、アエリアが空高くに手を向けた。その手のひらに、風の渦が巻き起こる。
しかし、使う魔法は封印中に使っていたものより、格段に威力が低い。
それを見て俺は、女神の魂胆に気づく。
……なるほど。先にその弱い魔法でモンスターから逃げる彼らを遠ざけるんだな。
一人納得している俺の前で、アエリアが風魔法を繰り出した。
しかし俺の予想に反して、その魔法が向かった先にいたのは、兎のモンスターだった。
……は？

戸惑う俺の前で、アエリアが生み出した暴風がモンスターに激突する。

するとモンスターは悲鳴を上げて、勢いよく後ろの方へと吹き飛んだ。

その兎が追っていた四人は、自分たちに迫る脅威が突然取り除かれて唖然《あぜん》としている。

俺も、同じ有様で呆《ほう》けたように口を開けていた。

しかし、俺の目の前の現実は変わらない。

兎は起き上がる様子もないし、倒されたフリをしているわけでもない。

……え？　倒せたのか？　あんな魔法で？

「大丈夫ですか？」

呆然《ぼうぜん》としている俺をよそに、アエリアは尻餅をつく四人の方へと歩み寄っていく。

「お怪我《けが》はありませんか？」

「は、はい」

「だ、大丈夫、です」

そういう彼らに、俺も手を貸して立ち上がらせた。

そうすると、彼らのリーダーと思われる青年がこちらに向かって頭を下げる。

「危ない所を助けて頂き、ありがとうございました」

「私たち、駆け出しの冒険者で、薬草採取の依頼を受けてたんですけど」

「ホーンド・ヘア・ラビットの縄張りに間違って入っちゃって」

「今の僕らが勝てるわけがないって、必死で逃げてきた所だったんです！」

「それは災難でしたね」

……なるほど。駆け出しの冒険者が訪れるエリアだからか。

彼らをねぎらうアエリアをよそに、俺は一人納得していた。

それは、あの兎のモンスターが弱かった理由だ。

駆け出しの彼らが受けられる依頼の難易度は、きっと高くはないだろう。

そこから類推するに、彼らが活動する範囲に現れるモンスターはそこまで強くないはず。

自分の中に生まれた疑問が解消して一人頷《うなず》く俺をよそに、アエリアは彼らに話しかける。

「それで、皆さんはこれからどうされるのでしょう？」

「ひとまず、町に戻ろうと思っています。薬草採取の依頼は達成してますし」

「私たちもご一緒してもいいでしょうか？　実はこの辺りの土地勘がなく、道に疎《うと》くて」

「はい、もちろんですよ！」

あれよあれよという間に、アエリアが駆け出しの冒険者たちと話をまとめていく。

俺たちは彼らの後について、町まで案内してもらうこととなった。

移動中の彼らの話題の中心は、命の恩人であるアエリアだ。

四人はしきりにアエリアに話しかけ、彼女もにこやかにそれに応えている。

それを横目に、俺は辺りを見回していた。

どれだけ枝葉が生い茂っていようとも、俺の目に入る範囲は相変わらずよく視える。

「それにしても、凄《すご》いですね。お連れさん」

駆け出し冒険者の一人が、俺の方に話しかけてきた。

杖《つえ》を持つ少女は、瞳を輝かせながらアエリアの方を見つめている。

「あのホーンド・ヘア・ラビットを、簡単に倒しちゃうなんて！」

「……あの？」

「はい！　あのモンスターが厄介なのは、群れで襲ってくることなんですよ」

そう言いながら、彼女はその身を震わせる。

「気づいた時には大群に囲まれていて、上級冒険者でも時には手こずるらしくって」

「……なるほど、それでか」

「え？　何か、おっしゃいましたか？」

「いや、すまない。大したことじゃないんだ。気にせず続けてくれ」

そう言った俺の言葉を受けて、彼女はまた視線をアエリアに向ける。

「そういう事情もありまして、あの方が素早くモンスターを倒してくださり助かりました」

「仲間を呼ばれて囲まれていたら、危なかったというわけか」

「はい。そうなったら私たち、確実に死んでいましたから。だから本当に凄いですよ！」

そう言って、彼女は杖を持つ手に力を込める。

「モンスターに気づかれないように無詠唱で、しかもあんなに強力な魔術を使うなんて！」

聞き慣れない言葉に、俺は小首を傾《かし》げる。

「……魔術？　魔法やスキルじゃなくて？」

そう言うと彼女は、一瞬キョトンとした表情を浮かべた。

そして、さも面白い冗談を聞いたとでもいうように、笑い始める。

「何言ってるんですか。魔法やスキルだなんて、そんな何百年も昔の話をするなんて」

「何百、年？」

「ええ、そうです。そんな力なんて、もうこの世にありませんよ」

その言葉に、俺は一瞬言葉に詰まる。だがすぐに俺は、どうにか口を開いた。

「……すまない。俺は魔術については疎くてね。少し、説明してもらえないか？」

「もちろんです！」

「何をしてるんですか？」

視線を向けると、アエリアがこちらの方に近づいてきた。

そんな彼女に向かって、杖を持つ少女が口を開く。

「僭越《せんえつ》ながら、今から魔術の説明をさせて頂こうかと思いまして」

「……魔術、ですか？」

「はい！　無詠唱魔術が使えるあなたには、当たり前すぎる話かもしれませんけど……」

アエリアが魔術を使えると勘違いしている冒険者の少女は、恐縮した様子でそう言った。

一方女神は聞き慣れない単語に、小首を傾げて俺の方を一瞥《いちべつ》する。

俺は冒険者たちから見えないように、人差し指を口の前に持っていった。

俺の意図を理解したアエリアは、小さく頷く。

「いいえ、そんなことはありませんよ。是非お願いします！　その、魔術の説明を」

「は、はい！　そ、それでは、簡単な魔術をまずお見せしますね」

そう言った後、少女は杖を構えて、口を開く。

《我が前にその力を示せ。闇夜を照らす光よ》

すると杖の先端が光り、そこからぼんやりとした明るい球体が生み出された。

その球体は宙に浮き上がり、彼女の目の前で停《と》まる。

「かつてこの世界には、魔法やスキルという力が存在していました」

話しながら歩く少女につられて、俺たちも一緒に歩いていく。

「ですがそうした力は個々人の努力というよりも、運に大きく左右されるものでした」

彼女が魔術で生み出した光の球体も、それに釣られるように一緒に宙を歩いていた。

その球体が自分の前にやってくるのを待って、彼女は更に言葉を紡ぐ。

「でも、そんなのは不公平だと考えた人が現れたんです」

「不公平？」

「はい。だって、おかしいじゃないですか。運で自分の一生が決まっちゃうんですよ？」

俺の言葉に、少女が振り返る。

「そんな、運だけで自分の一生が決められて、納得できますか？」

その言葉に、俺は内心頷いていた。

実際俺が生まれた時与えられたのは、『鷹鴉眼《ヨクミエルヒトミ》』というハズレスキルだ。

その結果、無能と蔑まれ、誰からも話を聞いてもらえずに俺は生きてきた。

それは運が悪かったのだから諦めろと言われても、納得し難《がた》いというのは理解できる。

合いの手を入れるように、アエリアが少女に質問を飛ばした。

「それで、その不公平だと考えた人は、どうしたのですか？」

「そんな神様の気まぐれに左右されない、誰でも使える力が、術が必要だと考えたんです」

「その結果生まれたのが、魔術だ、と？」

「はい！　誰でも使えるように体系化された術。それが、魔術なんです！」

「……でも、魔法やスキルは元々この世に存在していたわけですよね？」

獣道を歩きながら、アエリアが少女に問いかける。

「それは、どこに行ってしまったのでしょうか？」

「決まってます。皆、捨てたんですよ」

「捨てた？　一体、どうやって？」

目を丸くするアエリアに向かい、少女が苦笑いを浮かべる。

「そこまで初歩的な質問をされると傷つきますね。そんなに私、頼りないでしょうか？」

「そういうわけじゃ、ないんですけど……」

「いえ、いいんです。基本は大事ですからね」

アエリアに実力不足だと思われていると勘違いした少女は、小さく頷く。

「全ては、大賢者様のおかげなんです」

……大賢者？

アエリアに視線を向けるが、女神の方もいまいちピンときていないみたいだ。

早く話の続きを聞きたいと思うものの、口をなかなか出し辛《づら》い。

先程のように誤解されたら、話が脱線してしまう可能性もある。

……ここは、冒険者の少女の言葉を黙って待つしかないか。

先を促したい俺たちの思いが通じたのか、少女は饒舌《じょうぜつ》に口を開いた。

「先程も言いましたけど、私たち人間が魔法やスキルといった、そんな神様の気まぐれに付き合わなくてよくなったのは、大賢者様のおかげなんです。大賢者様はそれまで存在していた魔法やスキルを分析、分解し、誰でも扱えるような形に落とし込む術をお持ちだったんですよ。大賢者様はこの世界に存在していた魔法やスキルといった運という呪いが存在していたあの時代から、それこそ神様が使う魔法、神世魔法なんて御伽噺《おとぎばなし》に存在していたような大昔のあの時代の常識から、私たちを解放してくださったんです！　その結果として大賢者様は私たち人間に、魔術という新しい力を授けてくださったんですよっ！」

少女は熱っぽく語るが、反対にアエリアの表情は暗くなっていた。

その理由は、俺にも察しがついている。

……まるで、全て神様が悪いみたいな言い草だな。

確かに俺も、自分のハズレスキルのせいで不公平感を感じながら生きてきた。

しかし、それが全て神様のせいかと言われると、そうではない。

神の一柱である女神アエリアにとって、この話は聞いていて楽しいものではないだろう。

何も言えないでいる彼女の代わりに、俺は口を開いた。

「つまり、努力してどうにかなる術より、手軽に扱える術に人間は乗り換えたわけだ」

「ええ。だって、そっちの方が便利じゃないですか」

「だが、その割にはその術も、魔術にも力の差があるみたいだが」

俺の言葉にアエリアがハッとしたように顔を上げ、少女はバツが悪そうに顔をしかめる。

「そうですね。魔術は皆が扱える力ですけど、強い力を使うのは難しいんですよ」

そう言った少女の言葉に、他の冒険者たちも会話に入ってきた。

「魔術の扱い方と使える強さが、ほぼ冒険者のランクに直結するしな」

「格闘専門の僕らでも、魔術で身体強化ができることが必須になるし」

「上級冒険者だと、やっぱり皆魔術を使うのが上手《うま》いよね」

「モンスターをテイムできる方もいるみたいですし、凄い人は本当に凄いですよね」

駆け出し冒険者たちの会話が一段落した所で、宙に浮いていた球体が消滅する。

それを横目に、俺は肩をすくめていた。

……そんなことだろうと思ったよ。

冒険者たちは、アエリアの魔法を無詠唱魔術だと驚いていた。

更にその威力に驚いていたことから、あれを魔術で行使できる人は珍しいということになる。

その事実だけで、魔術とやらの存在を俺はこう断言できる。

……神を、アエリアを否定してまで崇《あが》めるような、素晴らしいものではないな。

「体系化されていると言っていたが、結局自分の使える術の範囲が力の制約になるのか？」

「はい。体系化されているからこそ、色んなことを覚えないといけなくてですね……」

「本を読んだり訓練を行えばある程度の力は使えるけど、それ以上は、ってことかしら？」

アエリアの言葉に、冒険者たちは頷きながらも苦笑いを浮かべた。

「そうです。強力な魔術を使うには詠唱も長くなりますし」

「詠唱を覚えるのも一苦労でね。そもそも本を読むのが苦痛すぎる」

「本はそれぞれの国が管理している図書館に行かないと読めないし、移動も面倒だよ」

「詠唱できても、その魔術を自在に操れるようになるのはまた時間がかかるんだ」

「俺たちなんて、いっつも失敗ばっかりだし」

「だから無詠唱で魔術を扱うのは、とんでもないことなんですよ」

「そうそう。しかも詠唱しないわけだから、普通は使える力は弱まるもんだしね」

「だから、無詠唱でモンスターを吹き飛ばせるなんて、本当に凄いことなんですよ！」

そう言って冒険者の少女は、アエリアに大きく一歩踏み出した。

「一体、どれほどの研鑽《けんさん》を積んだんですか？」

「いやぁ、それほどのことでは、ないと思いますけど……」

少女に詰め寄られ、アエリアは苦笑いを浮かべる。

散々否定してきた、運の力によるものだと、この冒険者は夢にも思わないだろう。

その話を聞きながら、俺は内心訝《いぶか》しむ。

……魔法やスキルが運なら、この時代で求められるのは努力の才能なわけか。

正直俺にとっては、どちらも大差ないように思える。

魔法やスキルを得られるのが運なら、努力の才能を得られるのも運の要素を含む。

表面上はあまり大きな差はないように思えた。

だが、決定的に違うと思えるものがいくつかあった。その中でも最も気になるのは――

……人間が使える力が、格段に弱まっている。

アエリアが使った弱い魔法ですら、あれほど称賛されている。

だとすると、その魔術でできることなんてたかが知れているはずだ。

まるで作為的に、人が月日を重ねる毎《ごと》に人の力が弱まっているように感じる。

……それに、実在する神様を軽視するような話し方が、どうにも引っかかるな。

首を傾げている俺をよそに、アエリアと少女の会話は続いていた。

「でも、本当に凄《すご》いですよ！　大賢者ティルラスター様の再来なんじゃないですか？」

「いや、私はそういうんじゃないですから……」

アエリアの表情が、どうにも優れないように見える。

それは神を否定する内容を聞いたから、会話の中でボロを出さないようにするためか。

「でもそれだけ強い魔術が使えるのなら、ボクルオナ王国に行けば――」

「悪い。連れも疲れてるみたいでね。その辺りで勘弁してもらえないか？」

二人の間に入ると、少女は我に返ったように、顔を上げる。

そして、しまった、という表情を浮かべて頭を下げた。

「す、すみません！　私、一方的に喋《しゃべ》ってしまって……」

「いえ、大丈夫ですから」

「本当に、すみませんでした！」

恐縮する彼女はバツが悪くなったのか、他の三人を連れて一緒にまた先頭を歩いていく。

その後ろを歩いていると、アエリアが耳打ちをしてきた。

「すみませんでした。そして、ありがとうございます。色々と」

「色々？」

「先程の会話で気遣って頂いたり、他にもモンスターを倒してくださいましたよね？」

「……やっぱり、気づいていたのか」

「はい。だからお二人でお話しされていた時、『何をしてるんですか？』って聞いたんです」

その言葉に、俺は苦笑いを浮かべる。

確かに一目見れば、俺とあの冒険者の少女が会話をしていることなんてすぐにわかる。

だから何をしているのか問うのではなく、聞くなら何を話しているのか？　となるだろう。

しかし、アエリアはそうは言わなかった。

だから俺はこのタイミングで、先程の彼女の問いに、何をしていたのかを答える。

「ホーンド・ヘア・ラビットは、群れるらしくってな」

「それがラディには視《み》えていた、と？」

「ああ、そうだ」

冒険者の少女が危惧したように、俺たちは既にモンスターの大群に囲まれていた。

「だから攻められる前に、土魔法で俺たちを守るように壁を作っておいたんだ」

その結果、奴《やつ》らは真《ま》っ直《す》ぐ壁に激突し、そのまま絶命していた。

危機は去ったのでよかったのだが、俺はいまいち釈然としない。

如何《いか》にあの兎《うさぎ》が弱かったとしても、相手は群れだ。

……俺の魔法で作った壁ぐらい、簡単に越えてくると思っていたんだが。

そう思っている俺の隣で、アエリアが口を開く。

「そういえばあのモンスター。猪突猛進《ちょとつもうしん》的な所がありましたよね？」

「なるほど。だから勝手に自滅してくれたのか」

「また何か大きな食い違いが起こっている気がしますけど、まぁいいです……」

女神は小さく嘆息して、こちらを一瞥《いちべつ》した。

「でしたら、彼らにそのことを伝えればいいじゃありませんか。もう安全だ、って」

そう言った後、アエリアは前方の駆け出し冒険者たちに視線を向ける。

「そうすれば私だけじゃなくって、ラディも凄いんだってわかってもらえると思いますが」

「俺は凄くもないし、伝える必要もないだろ」

「どうしてそう思うんです？」

「危機を脱したと思ってる彼らに、実は危機を脱していなかったと伝えてたらどうなる？」

「……そうですね。びっくりするでしょうか？　彼らにとって、死活問題ですし」

「なら、わざわざ怖がらせる必要なんてないだろう？　もうその危機も脱してるわけだし」

そう言うとアエリアは僅かに目を見開き、そして、優しげに笑った。

「それもそうですね」

そう言って俺の手を取ると、一緒に冒険者たちの背中を追って歩みを進め始めた。

◇◇◇

町についた時には、既に日が暮れ始めていた。

まずは状況の報告をするために、駆け出し冒険者たちと冒険者ギルドに寄ることになる。

すると冒険者を助けたということで、一晩この町に泊めてもらえることとなった。

夕食を摂《と》り、宿に戻って一息ついた時には、もう夜の帳《とばり》も下りていた。

そんな中俺たちは、部屋であるものを広げている。

それはこの周辺の国や町が載っている、地図だった。

「さて、どこに向かう？」

そう言って俺は、アエリアに視線を向ける。

助けた冒険者たちからは、もう少しこの町に留《とど》まらないかと誘われていた。

俺たちがいれば、今まで手が届かなかった依頼、ダンジョン攻略も可能だから、と。

しかし俺たちは、それを丁重に断った。その理由は明白だろう。

彼らとの会話でわかった通り、この時代は俺たちの常識が通じない部分があるからだ。

……なるべく色んな所を回って、この世界をもっと見て回りたいからな。

幸いアエリアも、その考えに賛成してくれている。

だから次に考えるのは、この町からどこに向かうのか？　ということなのだが――

「できれば、私に呪いをかけた相手の居場所を突き止めたいのですけれど」

そう言った後、アエリアは苦笑いを浮かべる。

「あれから数百年も時間が経《た》ってるなら、手がかりは残っていなそうですね」

「俺の目を使えば、どうにかなるんじゃないか？」

そう言いながら俺は、左目を押さえる。

そんな俺に、アエリアは首を振った。

「できるかもしれませんが、そもそもどこを視てもらえばいいのかもわからないので」

確かに、何かヒントがあればそこを中心に捜していけばなんとかなるだろう。

だがアエリアの言う通り、今の状況ではその手がかりが存在していない。

「だとすると、気長に捜すしかなさそうだな」

「そうですね。逆に、ラディは行ってみたい場所はないんですか？」

「そうだな……」

そう言って頭をめぐらせるが、パッと思い浮かぶようなものは出てこなかった。

両親に色々と連れていかれたことはあるが、思い出の場所というものは存在していない。

……親しい人と過ごした場所があれば、少しは違ったんだろうが。

親しい人と言われて思い出したのは、家族よりも別の顔だった。

カーティスに、紅葉《もみじ》柄の猫。

あれからもう、数百年も経っている。再会は望めない状況だ。それでも――

「燻製《くんせい》料理」

「え？」

「美味《うま》い、燻製料理が食べたいな。燻製が絶品な町があるって聞いたんだ」

「そうなんですね！　私も食べてみたいです。誰かのオススメですか？」

「ああ。あの時ダンジョンで一緒にいた人の、な」

「……すみません」

「謝るな。アエリアが悪いんじゃない。あの呪いが全て悪いんだから」

龍になっている間の記憶があるアエリアに、俺は笑いかける。

「封印されてから数百年も経ってるからな。その町があるのかすら怪しいよ」

「でもそんなに美味《おい》しいなら、料理だけでも残らないでしょうか？」

「……なるほど。伝統料理という形でその地域に残っている可能性はあるかもな」

「私、ちょっと店員さんに聞いてきます！」

そう言って、アエリアが地図を持って部屋を飛び出していく。

呼び止めようと腰を浮かしかけるが、俺はそのまま彼女を見送ることにした。

彼女があんなに必死な理由に、気づいていたからだ。

……それで罪悪感が和らぐのであれば、アエリアの好きにさせておこう。

少し経ったら、アエリアが帰ってきた。

笑顔の彼女の手にした地図には、大きく赤丸が付けられている。

それを見て俺も、思わず笑った。

「どうやら、次の目的地が決まったみたいだな」

「はい！　ボクルオナ王国のアベリストウィスという町みたいです」

「国はそこそこ大きそうだが、町自体はそこまでの大きさはなさそうだな」

「でも十年程前に訪れた時は住んでる方は明るくて活気があるとおっしゃっていましたよ」

アエリアの言葉を聞きながら、俺は首を傾《かし》げる。聞き覚えのある単語を耳にしたからだ。

「待て。ボクルオナ王国？　確か、今日助けた冒険者が口にしていた名前だな」

「そういえば、そうですね。強い魔術が使えるのなら、どうとか」

「腕自慢でも求めてるのか？　確か魔術は戦闘でも使うと言ってたよな？」

「そうですね。騎士団員の募集でも、しているのでしょうか？」

「……気になる点もあるが、とはいえ他に行きたい所もないし、行ってみるか」

「はい、そうしましょう！」

翌朝。俺たちは助けた冒険者たちに見送られて、町を後にする。

暫《しばら》く並木道を歩いた所で、アエリアがこちらに向かって口を開いた。

「ボクルオナ王国へ辿《たど》り着くまでの計画について、おさらいをしておきましょうか」

その言葉に、俺は頷《うなず》きをもって答える。

「そうだな。今は慎重に慎重を重ねた方がいい」

何せ俺たちは、この時代の初心者なのだ。

封印される前の常識が通じず、困ることだってあるだろう。

さしあたり、俺たちが直面する一番の問題は――

「俺たちはまだ、ボクルオナ王国に向かうための十分な旅費を持ち合わせていない」

「多少冒険者ギルドから援助して頂きましたが、流石《さすが》にこれで十分だとは思えませんしね」

革袋を手にしたアエリアが、申し訳なさそうにそう言った。

「すみません、ラディ。こういう人間の文化については、私は役立たずです……」

「アエリアが謝る必要はない。というか、誰が悪いわけでもないからな、これればかりは」

そう言う俺も、金の持ち合わせはなかった。

ダンジョンに潜る時は、アイテム類をかき集め、持っていくのに必死だった。

それから封印されるなんて夢にも思っていなかったので、金なんて持っていかなかった。

……持っていったとしても、数百年前の金だからな。使えたかどうか怪しい。

アエリアから革袋を受け取り、俺は中を覗《のぞ》く。

そこには複数の紙幣と硬貨が入っていた。

予想通り、どれも封印される前に使われていたものではない。

「だがある意味、俺たちは幸運だったな。封印脱出後、冒険者たちと出会えたんだから」

「ええ。そのおかげで冒険者ギルドの換金システムも理解できました」

封印前の俺は、ギルドに立ち寄る機会が全くなかった。

だから冒険者たちがどうやってモンスターを金に換えているのか知らなかったのだ。

「討伐依頼が出ていないモンスターでも買い取って頂けるのは、ありがたいですね」

「その分、死骸のまま持っていくのではなく、解体する必要があるわけだが」

「でも、それぐらいならパパっとやっちゃえますから！」

「……それを言えるのは、アエリアが魔法を使えるからだろ？」

「何言ってるんですか。私の魔法を『視《み》てる』んですから、ラディもできますよね」

「理屈はそうだが、そんな簡単に上手《うま》くいくか？」

ホーンド・ヘア・ラビットは、確かに倒すことができた。
だがあのモンスターも、所詮駆け出し冒険者が相対するレベルのモンスターだ。
ここから先、俺の力が通用しなくなることの方が多くなるだろう。
……油断は禁物。今は慎重に慎重を重ねた方がいい。
そう思いながら、俺たちは暫く進む。
やがて並木道は獣道となり、徐々に辺りは緑が深くなっていった。
枝をかき分けながら進んでいた俺の足が、止まる。
一拍遅れて、アエリアも動きを止めた。
女神の鋭い眼《め》が、俺の方へと向けられる。
「何か、『視え』ましたか？」
「ああ、モンスターだ。だが、まだこちらに気づいてはいない」
俺の眼には、三頭ばかりの四足歩行をするモンスターの姿が映っていた。
彼らは一様に丸々と太っており、その巨体を赤毛で覆っている。
その頭部からはねじれた角が生え、耳は重力に引っ張られているように垂れていた。
そんな彼らの視線がこちらに向けられる様子は、一切ない。
それどころか、一心不乱になって地面に顔を埋めるように動《うず》かしている。
その理由は、単純明快。彼らは、食事中だったのだ。

彼らの口の端からは凶暴な牙が生え、短刀よりも鋭いその歯は血肉で汚れている。

その三頭のモンスターは、一匹の別のモンスターの死骸を貪り食っていた。

食われているモンスターは豹《ひょう》のような大きさで、しかし体は闇のように黒い。

耳の代わりに巻きひげのような触角が生えており、肩にも触手の姿が見える。

だがそれらは全て、枯れ枝のように力なく地面に垂れ下がっていた。

喰《は》まれるモンスターの瞳に光はなく、もはや自分の死という絶望すらも映しはしない。

屍肉《しにく》を貪られているモンスターと貪るモンスターの特徴を、俺はアエリアに伝えた。

「恐らく、食べられているのはクァールで、捕食者はクリムゾン・バッファローですね」

「強いのか？」

「駆け出し冒険者が一対一で戦うには。でも、ラディと私の敵ではありません」

「別に俺の名前を入れなくてもいいだろうに」

「あら？　ラディは私にだけ戦わせるつもりですか？　甲斐性《かいしょう》なしさんですね」

「そういうつもりじゃないよ。ちゃんと解体作業も手伝うさ」

「なら、早速始めましょうか。あ、解体するのは——」

「角と毛皮は残しておいた方がいいんだろ？　他の骨と肉はどうする？」

「お願いします、と言いたい所ですが、そんなに運べませんからね」

確かに俺たちは、三体ものモンスターが入る程大きい鞄《かばん》を持っていない。

角どころか、毛皮を持ち運ぶのも苦労しそうだ。
「わかった。今回は角と毛皮を綺麗《きれい》に入手するのに注力しよう」
「では、方針が決まった所で、行きますよ！」
そう言ってアエリアは、身体強化と風魔法を使って跳躍。
一瞬にして生い茂る木々を見下ろす高さへ軽々到達し、更に水魔法を発動。
拳程の大きさの水球が三つ、アエリアの右手付近に生まれた。
それらは太陽の光を受けながら、女神の手を中心に弧を描くように高速回転。
速すぎてもはや常人には一つの円にしか見えなくなった所で、彼女はそれを投擲《とうてき》した。
それらが向かうのは、間抜けにアエリアを仰ぎ見るモンスターたち。
三つの弾丸の如《ごと》きそれらは、大気を突き破るように唸《うな》りを上げて飛来する。
果たしてあの三匹のクリムゾン・バッファローたちには、その軌跡が視えただろうか？
自らの顔面、その顎に、女神の水の拳が叩《たた》き込まれたのが。
だが、アエリアのその魔法の凶悪さは、叩き込まれたその瞬間に発揮される。
モンスターの顎に当たった水球は、貫通せずに水風船の如く弾《はじ》けたのだ。
もし水弾がモンスターの顎を貫いていれば、その力は奴《やつ》らの顔の外へと抜けていく。
だが弾けたということは、その威力は全てその場に残るということになる。
ダメージが残るのは、モンスターの顎からその頭蓋、そしてその中にある脳髄だ。

クリムゾン・バッファローの首から上。

下顎骨から後臼歯、前臼歯、犬歯、頬骨、涙骨、鼻骨、上顎骨、切歯、切歯骨、側頭骨、前頭骨、頭蓋後壁が、一瞬にしてアエリアの弾丸で粉々にされた。

当然、粉々になったものに覆われていた脳はその衝撃にもろに晒《さら》されている。

モンスターからすれば、一瞬にして首から上の重みがなくなったと錯覚しただろう。

視覚どころか、嗅覚、聴覚すらまともに機能していないはずだ。

だから俺はその隙をついて、角と毛皮の解体作業を済ませている。

使ったのは、アエリアも先程利用した風魔法だ。

その風魔法で、俺は超極細の刃を三つ、生み出している。

それらを、音もなく三頭のクリムゾン・バッファローの四肢の下へ差し込んだ。

後は簡単だ。刃を腹から入れて、内側からぐるりと毛皮を剝《む》くように動かせばいい。

顔の部分を剝ぐのにもう少し手こずるかと思ったが、既に骨はあってないようなもの。

ゆで卵の殻を剝くが如く、つるんと簡単に剝ぐことができた。

無抵抗なことからわかる通り、既にクリムゾン・バッファローたちは絶命している。

俺がモンスターの毛皮を剝いだタイミングで、アエリアが上空から降りてきた。

クリムゾン・バッファローの隣に女神が降り立ち、それと同時に魔法が発動。

辺りの木々がアエリアの手足となって、モンスターの背中の毛皮を摘《つま》んだ。

そして、それを一気に引っ張り上げる。

丁度テーブルクロスを机の真ん中で摘んで、引っ張り上げるかのように。

するとモンスターの体から、毛皮とそれにくっついた角だけが綺麗に引き剝がされた。

肉と骨だけになった三つの骸《むくろ》は、先程食らっていたクァールの隣に崩れ落ちる。

「流石ですね、ラディ。下処理が完璧です！」

「アエリアが殆《ほとん》ど終わらせてくれたからさ。俺がやったのはおまけみたいなものだよ」

「またそういうこと言って……。ほら、毛皮を畳むのを手伝ってください」

「いや、このまま乾かした方がいい。本当は肉面に塩が必要らしいが」

「お塩、ですか？」

小首を傾げるアエリアに、俺は頷く。

「今回俺たちはこの毛皮を別の村や町に持っていくだろ？　そこで毛皮を売る予定だ」

「そうですね。あ、このまま持っていくと、腐っちゃうってことですか？」

「そうだ。剝いだ直後の生皮で加工、つまり、なめしをするならそこまで問題ないらしい」

蔵書庫で読んだ本の内容を思い出しながら、俺は口を開く。

「綺麗に肉から毛皮を剝がしても、やっぱり脂肪や筋肉膜は残る」

「そこから腐ってしまう、というわけですか」

「流石に今塩は用意できないから、風魔法でしっかりと乾燥だけはさせておこう」

「わかりました！」
アエリアの魔法で、辺りに緩やかな風が吹いてくる。
それは生皮を乾かすために徐々にその強さを増していった。
その風に揺れる毛皮を横目に、俺は地面の方へと視線を落とす。
そこには合計四体の物言わぬ死骸が転がっている。
全身をひん剝かれた、クリムゾン・バッファロー。
そして奴らに食い散らかされた、クァールの死骸。
これらの死骸は俺たちが立ち去った後、いずれ小型のモンスターに食われるのだろう。
そして消化され、彼らの血肉となって糞尿《ふんにょう》となり。
それらはまたこの辺りに生える草木の命へと繫《つな》がっていくのだ。
そう考えると、なんだか不思議な気持ちになる。
どれだけ偉大な神がこの世界にいようとも。
どれだけ凶悪なダンジョンのボスがいようとも。
所詮俺たちは、食物連鎖の一部でしかない。
「このぐらいでどうですかね？　ラディ」
アエリアに呼ばれて、俺は毛皮の乾燥具合を確認しに行く。
「いいんじゃないか。視た所、ちゃんと乾いている」

「ありがとうございます！　では、荷物をまとめたら出発しましょうか」

毛皮を畳み、俺たちはまた歩みを再開する。

途中別のモンスターにも出くわしたが、障害にはならなかった。

女神に対抗できるようなモンスターなんて、それこそダンジョンのボスぐらいなものだ。

日が暮れる前に、俺たちは町に辿《たど》り着くことができた。

「それでは、冒険者ギルドに毛皮と角を換金しに行きましょう」

「そうだな」

アエリアと共に、俺たちはこの町の冒険者ギルドの扉を叩く。

受付でモンスターの毛皮を換金したいことを伝えると、専用の窓口を教えてくれる。

そこに並んでいると、すぐに俺たちの順番がやってきた。

窓口で毛皮を渡すと、職員にかなり驚かれる。

下処理をここまで済ませてから持ち込まれるのは、かなり珍しいらしい。

酷《ひど》い時には剝ぎっぱなしで、毛皮も血だらけ。

欲張って大量に持ってきたのはいいものの、殆ど腐っているなんてこともあるらしい。

俺たちの持ち込んだ毛皮は状態がいいということで、通常より高値で引き取ってもらえた。

「ラディのお陰で、ちょっと得しちゃいましたね」

「ひとまず、食うのには困らなそうで安心したよ」

宿でゆっくり休んだ後、俺たちはまた別の町に向かう。

道中モンスターに出くわすが、俺たちの敵になるような存在はいなかった。

毛皮を剝いで、また金に換えていく。

高値で引き取ってもらえるためか、何日かするとある程度まとまった金ができた。

「ラディ。そろそろ野営の道具も揃《そろ》えませんか？」

「そうだな。毎晩町に寄るより、そっちの方が移動スピードも出るし」

そういうわけで、俺たちは野営の道具を徐々に揃えていくことにした。

「テントとかはどうしましょう？」

「野営だろ？　魔法で作った方が早いんじゃないか？」

「なるほど。なら魔法でどうにかならないものというと、食事に関するものでしょうか？」

と、いうことで俺たちが一番重要視したのが、丈夫で大きな鞄だった。

食事も、現地調達できるものとそうでないものがある。

動物なんかはその場で狩ればなんとかなるが、生野菜等は話は別。

また、調味料なんかの有無で味が全く変わるのでこちらも最低限は持ち運びたい。

「こう考えると、結構入り用だな」

「そうですね。旅って、結構荷物が多くなるものなんですね」

「だが、欠点ばかりじゃない。沢山持ち運ばなくてはならないということは」

「逆に、沢山持ち運べる、ってことですもんね」

毛皮や角等の持ち運べる戦利品が増えれば、その分俺たちの収入も増える。

「全てお金のためにやっているわけじゃありませんが、余裕は欲しいですし」

「こういう道具類は壊れる時はまとめて壊れたりするからな」

「消耗品ですし、その辺りは必要なコストと考えるしかないですね」

そう言いながら、訪れる村や町で気になるものを買い足したり、買い替えていく。

ある町を訪れた時、露店を眺めているとアエリアが急に俺の袖を引っ張った。

「ラディ、あれを見てください！　あの鍋、可愛《かわい》いですっ！」

そう言って彼女が指さしたのは、なんの変哲もない鍋だった。

確かに小ぶりで可愛らしく、使い勝手はよさそうではある。

だが俺には、なんの変哲もない鍋にしか見えない。

「ねぇ、ラディ！　買いましょう！　あれ、買いましょうよっ！」

「……まぁ、アエリアがそこまで言うのなら」

「本当ですか？　嬉《うれ》しいですっ！」

正直、別に俺はあの鍋に特別何かを感じなかった。

だが、あの鍋一つで女神がこれ程喜んでくれるのであれば安い買い物なのかもしれない。

露店でお金を払い、アエリアが満面の笑みを浮かべてこちらにやってくる。

「ありがとうございます、ラディ！　私、これ一生大事にしますね！」

「……いや、流石《さすが》に鍋の方が先に寿命が来るだろ」

「もう！　なんでそういうことを言うんですか？」

そう言ってアエリアは、不機嫌そうに頬を膨らませる。

「こういうのは気持ちが大切なんですよ！　き・も・ち・がっ！」

「そういうものか」

「そういうものなんですっ！」

そんなやり取りを経ながら、俺たちは旅路を進んでいった。

そして日を重ねる毎《ごと》にボクルオナ王国に近づいていった、のだが——

「本当に、どうしてこうラディは……」

「いや、これは本当にすまない」

モンスターの返り血でベトベトになりながら、俺たちは川の方へと歩いていた。

ジト目のアエリアに向かい、俺は口を開く。

「だが、俺にも言い分はあるぞ。あいつがあんなに弱いとは思わなかったんだ」

人面に有翼、蠍《さそり》の尾を持つモンスターを思い浮かべながら、俺は小さく嘆息する。

「あの体の大きさなら、もっと手応えがあると思っていたんだが……」

「マンティコア相手にそんなことが言える人間なんて、ラディぐらいなものですよ」

「そりゃ、神世魔法が使われてた俺たちの時代のマンティコアなら、そうなんだろうが」

そう言いつつ、俺は首をひねる。

「それにしても、弱すぎだろ……」

強化魔法があったとはいえ、素手で皮膚だけでなく腸を引き裂けるとは思わなかった。

その結果臓物と鮮血の噴水が完成し、俺たちは血塗《ちまみ》れになったというわけだ。

「あ」

「なんです？　ラディ」

「マンティコアが、いや、この時代のモンスターが弱い理由がわかったかもしれない」

「……………………いいでしょう。ひとまず、聞きます」

「きっと、この時代で魔法やスキルが使われず、魔術に変わったのが原因なんだ」

「魔術が原因だと？」

「いや、正確には魔法やスキルが失われて、人間が弱くなったのが原因だな」

以前俺は、人の力が弱まっていると感じたことを思い出す。

「人が弱くなり、モンスターの強敵がいなくなったんだよ」

「……だから、モンスターも弱体化してもよくなった？」

そう言ったアエリアが、俺に疑問を呈する。

「でも強敵がいないなら、モンスターが無双するんじゃないでしょうか？」

「いや、そうでもない。昔本で読んだんだが、食物連鎖という考え方があるらしくてな」

蔵書庫で読んだ本の内容を、俺は脳裏に思い浮かべる。

「簡単に言うと、食うと食われるの関係。その循環だな」

草花を虫が食べ、その虫を鳥が食べ、その鳥を人間が食べる。

そしてその排泄物《はいせつぶつ》や死骸から、草花が生まれる。

その循環。本では確かその関係が、ピラミッドで図示されていた。

「ここで面白いのは、どの種が増えてもこの循環がある程度均一に保たれることなんだ」

「さっきの話だと、たとえば鳥が増えるとかですか？」

「そうだ。鳥が増えたら、虫はどうなる？」

「鳥が増えた分だけ、虫は食べられちゃいますよね」

「そうだ。そして餌の数が少なくなり、増えた鳥を賄うだけの餌がなくなる」

「……ご飯を食べられないと、鳥は死んじゃいますよね？」

「そうだ。そして鳥の数が減り、元のピラミッドの形に戻るのさ」

「つまり、ラディはこう言いたいのですか？」

そう言ってアエリアは、難しげな表情を浮かべた。

「モンスターが無双して人が減ったら、餌の人が少なくなってモンスターの数も減る？」

「腹が減ったら共食いするかもしれないが、それでも数は減るだろ？」

つまり、循環だ。

一時的に強力なモンスターが増えても、食えなければそいつらは餓死するしかない。

群れの数も増やせないだろうし、必然的にその種族は数を減らしていく。

強すぎた種は、その数を減らしていくしかない。

逆に言えば、弱ければ弱いほどその数を増やすことができる。

それはピラミッドの最下層の種が、他の階層の種よりも数が多いことで証明されている。

「だからこの時代のモンスターは、俺たちが生きていた時代よりも弱体化したんだ」

そうしなければ、生き残れないから。

モンスターは、弱体化するという進化をしたのだ。

そう言い切った俺を、アエリアが呆《あき》れたように見つめている。

「本気で言ってるんですか？　いえ、言ってるんですよね。ラディですもんね……」

「ん？　何か言ったか？」

「……力を試すのはいいですが、私まで巻き込まないでくださいね！　と言いましたっ！」

そう言われてしまえば、俺としては釈然としないものの平謝りをするしかない。

何をどう言った所で、俺の行動のせいでせっかく新調した服が血塗れなのは事実。

アエリアに至っては、俺の近くにいたため完全なとばっちりである。

「ラディ。私、久々にお風呂に入りたくなりました」

「風呂？　別に魔法で汚れは落とせ――」

「お・ふ・ろ・に・は・い・り・た・く・な・り・ま・し・た！」

と、いうことで、今は早めに野営の準備を行い、湯浴《ゆあ》みの用意を進めている。

流石に血だらけで作業はできないと、俺もアエリアも着替えを済ませていた。

それから二人して、野営の作業を進めていく。

そして自分の担当作業があらかた片付いたので、女神の方を振り向いた。

「どうだ？　アエリア。こっちは終わったが、そっちの準備は」

「はい、私の方も終わりました」

「それじゃあ、ちょっとこっちに来て見てくれないか？」

そう言うと、アエリアが小走りにこちらの方に駆け寄ってくる。

「浴槽の広さは、これぐらいでいいか？」

「ええ。バッチリです、ラディ」

俺が土魔法で作った浴槽を見て、女神が満足げに頷《うなず》いている。

浴槽は川の脇の地面を掘って作り、高低差を利用して川から水が流れるような設計だ。

当然川水をそのまま流したら冷たくなるので、途中で風呂釜を経由するようにしてある。

風呂釜には炎魔法で熱した岩が沈められており、そこからぐつぐつと湯気が立っていた。

「風呂釜で水を温めて、浴槽にお湯として流し込む作りなんですね」

「浴槽の脇にも溝を掘っていて、溢《あふ》れたお湯がそこから川に返れるような設計にしてある」

「結構本格的な作りですね」

「……先に入るか？」

「是非！　あ、覗《のぞ》かないでくださいね！　ラディなら、大丈夫だと思いますけど」

俺は思わず肩をすくめて、苦笑いを浮かべる。

「それじゃあその間に、俺もアエリアが作ってくれた家の様子を見てくるよ」

「いつも通り、私の方もぬかりありませんよ」

「だろうな。それじゃあ、俺は晩飯でも作るとするか」

「はい！　お願いしますねっ！」

そう言って俺は鼻歌を歌う女神に背を向けて、彼女が作った今晩の宿へと向かっていく。

彼女も土魔法を使い、簡易な家を作っていた。

その家の外には石で作った竈《かまど》が鎮座し、野営で使う鍋や食器も並べられている。

それを横目に、俺は家の中へと入っていった。

中には植物でできたベッドが二台置かれており、着替えが詰まった鞄《かばん》が置かれている。

もちろん、晩飯に使う食材も、だ。

……さて、何を作るかな。

そう思いながら、俺は食材を眺めていく。
昨日寄った村で入手した生野菜は、足の早いものから鮮度が高いうちに使いたい。
蒸したり焼くのも美味《うま》いが、そういえば塩漬けした魚があったことを思い出す。
まだ十分食べられるが、魚の方は購入から多少日が経《た》っていた。
……なら、今日は野菜を大きめに切ったスープにするか。
そうと決まれば、後は調理を進めるだけだ。
風魔法を使っての調理も可能だが、俺は包丁を手に取った。
そして愚直にそれを使い、野菜のヘタなどを取っていく。
一度魔法の力加減を間違えてしまい、ソーセージを粉微塵《こなみじん》にしたことがあった。
それから女神に、料理で魔法を使うことについて禁止令を出されているのだ。
……あれぐらい弱めれば、ちょうどいいと思ったんだがな。
そう思いながらも、俺は手早く野菜に刃を通していく。
この眼《め》のおかげで、野菜の繊維一つ一つすら詳細に把握できる。
繊維に沿って包丁を動かせば、勝手に野菜が切れていくように順調に作業が進む。
下処理を終えた野菜をボウルに入れ、今度は塩漬けされた魚を切り分けていく。
煮込むスープの水の量と魚の塩味《えんみ》をこの眼で計算しつつ、不要な部位は捨てていった。
食材を全て切り分け、俺は水を汲《く》むために鍋を持って川の方へと向かっていく。

手にしたその小ぶりな鍋を動かし、俺は満足気に頷いた。
……よかった。傷は付いてないみたいだな。
その鍋は以前、アエリアが露店で見つけて購入したものだ。
女神はこの鍋を、随分気に入っている。
その鍋が、今日使えなくなっていた可能性があった。
それが今俺たちが野営をするきっかけになった、マンティコアとの戦闘だ。
戦闘自体はいつものように、俺たちが優位に進めていた。
だが、最後の最後。
マンティコアが最後の悪あがきで、体を捻《ひね》ろうとしたのだ。
もう何度目かになるかわからないが、改めて言おう。
この辺りのモンスターで、俺たちの敵になるような奴《やつ》はいない。
ではその悪あがきで何が問題になるのかというと、俺たちの荷物だ。
そう、マンティコアが体を捻り、その体が野営の荷物に当たりそうになったのだ。
俺は鍋が傷つかないようマンティコアを受け止めようと、手に力を込めたのだが——
……あの体の大きさなら、もっと手応えがあると思っていたんだが。
まさか、あんなに簡単に引きちぎれるだなんて、完全に想定外。
あれさえなければ鍋も無事で、俺たちも血塗れになることもなかったのに。

過ぎたこととはいえ、溜息《ためいき》を零《こぼ》さざるを得ない。

……ひとまず、この鍋が無事だったということでよしとするか。

そう思い直して、俺は川の方へと向かう。

その途中、見覚えのないものが俺が作った風呂の周りにできているのに気づいた。

思わず視線を向けた先に、草花でできたカーテンが作られている。

アエリアが、魔法で近くの植物を生長させて作ったのだ。

「大丈夫だと思うと言っておきながら、全く信用がないみたいだな」

「だって、あなたは視《み》えすぎるんですもの。見たくなくても見えることはあるのでしょ？」

「……まぁ、そう言われれば、そうかもしれないが」

そう言いながら、俺はご機嫌で風呂に浸《つ》かる裸のアエリアの姿から視線を逸《そ》らした。

……草花で編んだぐらいで、その隙間から視えないと本気で思ってるのか？

俺のスキルは知っているはずなのに、脇が甘すぎる。

……いや、わざと、なのか？

考えてみれば、女神のアエリアがそんなミスを犯すわけがない。

だとすると、何か彼女には意図があるはずだ。

わざわざ、アエリアが俺に視えるようにしている。と、いうことは――

……不意のモンスターとの遭遇を、警戒している？

確かに、今まで出会った中で俺たちの脅威になるような存在はいなかった。

しかしそれは、あくまで俺たちが気を張っている間だけ。

……だとすると、俺が見逃さないよう、あえてこちらが視えるようにしているのか。

そう考えると、先程のアエリアの言葉にも頷ける。

見たくないものも見えてしまうが、見逃してしまって惨事になるよりはマシだ。

……なるほど。流石《さすが》女神。その思慮深さに感服せざるを得ないな。

だとすれば、俺としてもしっかりと見張りの役目を果たさなくてはならない。

鍋に水を汲み、火にかけてスープを作りつつ、俺は辺りを見回していく。

蟻《あり》一匹見逃さないよう視線を向けていると、風呂の方からアエリアが声をかけてきた。

「このお風呂の作り方なんですが、ラディはどこかで教わったのですか？」

「いや、昔本で読んだだけだよ」

「これもですか！　食物連鎖の話だけじゃなくって？」

「ああ、そうだ」

以前、蔵書庫で本を読み漁《あさ》った知識がこんな所で生かされるとは思わなかった。

そう思いながら、俺の眼は自然と会話をする相手の方へと向けられていく。

浴槽の中で緩んだ表情を浮かべるアエリアは、寝言を言うように言葉を紡いだ。

「そうなんですねぇ。では、他に何か珍しい知識はお持ちなんですか？」

「……そうだな。猫の柄はその両親の柄で決まる、とかはどうだ？」

「猫ちゃんの、ですか？」

「ああ、そうだ」

その蔵書庫に猫が来るようになったので、猫に関する書物も読み漁っていた。

その内容を思い浮かべながら、俺は口を開く。

「遺伝子、というものがあるらしくてな。猫の柄は、九種類の遺伝子座で決まるらしい」

「九種類、ですか？」

「そうだ」

たとえば白色ならWで、オレンジ・茶色ならO。黒ならBで、縞《しま》ならTと決まっている。

「それらの遺伝子にも優性と劣性が存在し、どの遺伝子が強く出るかで柄が決まるらしい」

「へぇ、そうなんです、ね……」

そう言いながら、アエリアの声が徐々に小さくなる。

「あの、ラディ」

「なんだ？」

「その、ありがとうございます。傷つかないように、守ってくれて」

その言葉に、俺は首を傾《かし》げる。

「なんのことだ？」

「……もう、ここに来て惚《とぼ》けるんですか？　鍋です鍋！　この前買った鍋のことですっ！」

その言葉に、俺は僅かに息を詰める。

「気づいてたのか」

「はい、当然です。と、言いたい所ですが、気づいたのはさっきですね」

そう言ってアエリアは、申し訳なさそうに顔を伏せた。

「お風呂に入るまでは、そんなことまで頭が回っていませんでした。本当にラディは無茶苦茶するんですから！って、ずっと頭の中ぐちゃぐちゃでしたよ」

神様の方が無茶苦茶な存在だろう、とは、流石の俺も口にしなかった。

口にしたら、更に無茶苦茶なことになるのが目に見えている。

黙り込んだ俺を気にした様子もなく、アエリアは口を開いた。

「でも、マンティコアの血を流し終えて、あれ？　変だな？って思ったんです」

「何が変だと思ったんだ？」

「ラディが、マンティコアを引きちぎったことです」

そう言ってアエリアは浴槽から出て、縁に腰を下ろす。

少しのぼせているのか、陶器のような白い素肌が僅かに火照《ほて》っていた。

その体の熱を夜空に溶かすように、白い吐息を女神が宙へ吹きかけた。

「私とラディは、今までモンスターを討伐して、毛皮なんかを採取してきました」

「そうだな。アエリアが先に魔法を仕掛けることもあれば、俺が先の場合もある」

「もう何度も一緒に戦ってるんですから、徐々に呼吸が合ってきますよね」

「魔法を使うタイミングや、使う魔法の種類もな」

「だとすると、やっぱりおかしいんですよ。毛皮を剝ぐだけなら風魔法で十分なのに、あの時ラディはわざわざ自分の手でマンティコアに触れに行きました」

そう言ってアエリアは、こちらの方へ振り向く。

「ラディは、風魔法を使わずわざわざ自分で動くことを選びました。あの時モンスターの近くには、私たちの荷物がありましたよね？　ラディには、『視えて』いたんですね。あのままマンティコアが動いたら荷物とぶつかって、あの小ぶりな鍋が傷ついてしまう、って。だからラディは、私のためにあの時その手でモンスターを受け止め、て……」

段々と、アエリアの言葉が小さくなっていく。

そして彼女は俺とバッチリ視線を合わせながら、慌てたようにその腕で胸元を隠した。

「ら、ラディ！　ひょ、ひょっとして、見え、見え、見えてますか？」

「ああ、ちゃんと見えているぞ。安心しろ。今のところ、モンスターの影は見えない」

川の中にも、怪しい影が近づいてくる様子もなかった。

アエリアは俺の言葉を聞き終える前に、浴槽の中へその身を沈める。

そして、その中で何か言いたげに頬を引きつらせた。

だが、やがて湯船の中で女神は諦めに近い溜息を零す。

「魔法じゃなくてスキルの発動だったので、気づくのが遅れてしまいました……」

「そういうものなのか？」

「ええ。魔術が体系化された、っていう話でしたけど、私に言わせれば魔法も十分体系化されている術ですから。ただ、魔法の方が自由度が高いので、その辺りのセンスみたいなものも運が必要、と思われていたのかもしれませんけど」

「なるほど」

「それにしても……」

頷《うなず》く俺に対し、アエリアは湯船に口をつけて、ブクブクと泡を立てている。

「なんでそんなにラディは冷静なんですか？」

そして何処《どこ》かすねたような口調で、こちらを睨《にら》む。

「それとも、もう私の体なんて見飽きちゃったんですか？」

「何故《なぜ》と言われても、冷静に辺りを観察しなければ、危険に気づけないだろう？」

「むーっ！」

そう言ってアエリアは、不満そうに更に湯船に顔を沈めるのだった。

四章

「ようやくボクルオナ王国に着きましたね、ラディ」

そう言ってアエリアは、俺の方に笑いかける。

それに頷きを返しながら、俺は辺りを見回した。

国境付近ということもあり、道は整備されていて歩きやすい。

急なモンスターの襲撃に備えて背の高い木々も刈り取られており、見晴らしがよかった。

「あれか。アベリストウィスっていう町は」

「ええ、そうです。ちらほら家も見えてきましたね」

地図をしまいながら、アエリアが俺の言葉に同意する。

「町に着いたら、まずはどうしましょうか？」

「モンスターの毛皮とかを売り払ったら、宿屋を探そう」

「では、その後にご飯ですね。私も燻製《くんせい》料理、楽しみです！」

もちろん、楽しみにしていたのはアエリアだけではない。

カーティスが絶賛していた料理に、俺もようやくありつける。

「それじゃ、行くか」

「はい！　この調子なら、日が暮れる前に辿《たど》り着けそうですね」

荷物を背負い直すと、俺たちは町に向かって再び歩き始めた。

暫《しばら》く歩いて、アベリストウィスの中心地まで辿り着く。

予定通り冒険者ギルドで素材を売り払い、無事に宿も見つけることができた。

宿に荷物を置いて、さぁいざ燻製料理を堪能しよう！

と、なる前に、俺とアエリアは部屋でなんとも言えない表情で見つめ合っている。

「アエリアは、どう思った？」

「なんだか皆さん、あまり元気がない様子に見えました……」

「……やっぱり、アエリアもそう思うか」

町全体に、全く活気がないのだ。

人影も少なく、たまに町を歩く人を見かけたと思えば、その表情は暗くて覇気がない。

まるで皆、各自の頭にどんよりと濁る灰色の雲を被《かぶ》っているようだ。

「聞いてた話と、だいぶ違いますね」

そう言ってアエリアは、小首を傾げる。

「小さな町でも、住んでる方は明るくて活気がある町だと聞いていたのですが」

「ああ。聞いていたのと、真逆の印象だよな」

「もしかして私たち、全然違う町に辿り着いちゃったんでしょうか？」

「それはない。看板に町の名前があったし、地図通りに辿り着けたのは俺の眼《め》が保証する」

今までの旅路で視《み》てきた光景から、地図に記載されている内容に間違いはない。

そしてその地図に載っている通り歩いてきたのだから、違う場所に着くわけがなかった。

「ラディが視ているのなら、それは確かにその通りなんでしょうね」

「……ひょっとして、強い魔術が使える奴《やつ》を集めているとかって話と関係があるのか？」

「どうでしょう？　流石《さすが》に来たばかりで、情報もあまりないですし」

「確かに、それもそうだな」

アエリアの言葉を聞いて、俺は思わず苦笑いを浮かべる。

「聞いていた話と違うからって、身構えすぎていたのかもしれない」

「そうですね。案外旅って、そういうものなのかもしれません」

「ここで話していても、何も始まらない。ひとまず飯でも食べに行くか」

「わかりました。その時にそれとなく、町の様子についてもお話をうかがってみましょう」

方針が決まったところで、俺たちは部屋を後にする。

廊下を歩きながら、アエリアが俺に問いかけてきた。

「どこか、お目当てのお店でもあるんですか？」

「残念ながらないよ。店の位置は視えるけど、味まではわからないからな」

「それなら、宿の店員さんにオススメのお店をうかがいましょう」

「そうだな」

受付に辿り着くと、来たときと同じく、店員が陰鬱な表情を浮かべていた。

「すみません。この辺りで燻製料理が食べられるオススメのお店をうかがいたいんですが」

「……え？　燻製料理、ですか？」

「はい。この町の名物だって聞いているんですけど」

「……まぁ、確かにそうでしたけどね」

「そう、でした？」

「……ええ。最近、人の行き来も激減してまして」

そう言って店員は、自嘲気味に笑う。

「本当に久々ですよ。お客さんみたいに、純粋に旅目的でアベリストウィスを訪れた方は」

「そう、なんですね……」

「それにしても、よくこの町に来ようだなんて考えましたね」

戸惑う表情を浮かべるアエリアから会話を引き継ぐように、今度は俺が口を開く。

「昔、知り合いからこの町の燻製料理が絶品だと聞いてね。どんなものか気になったのさ」

「……そういうことでしたか」

そう言いながらも、店員の陰鬱な言葉は止まらない。

「でも申し上げた通り、今は町に入ってくる人が少ないんです。人が来ないから物資も届きづらくって、いい食材も手に入りません。まぁ人がいないから、作っても食べてくれる人がいないわけですが。こういうのもなんですが、だからどの店もあんまり料理に力を入れてないんでさ。作ったとしても素材が悪いもんで、味も今一つになっちまいやして。昔はそれぞれ店の味を競ってましたが、今じゃどの店に入っても似たような味です。だから、行くなら一番近い角の店がいいですよ。無駄に歩く必要がありませんから」

「そうか。ありがとう」

そう言って俺たちは、宿を後にする。

日も暮れようとしている道を歩いていると、アエリアが心配そうにこちらを見上げた。

「大丈夫ですか？　ラディ」

「何がだ？って、とぼけても無駄か」

少しアエリアが怒った表情になったので、俺は素直に両手を上げる。

「確かに、少なからずショックはあるよ」

「……そうですよね。ラディにとって、思い入れがある食べ物ですもんね」

「聞いただけで、食べたことも見たこともないんだけどな」

そう言いながらも、俺は肩をすくめる。

「でも、仕方がないさ。カーティスから話を聞いて、数百年も経《た》ってるんだ」

それだけ時間が経っていれば、国や町の状況も変わる。

その変化の一つが、たまたまこの町だったということなのだろう。

そこに住む人も変わった。

「それはもう、そういうもんなんだ、って納得するしかないよ」

「……でも、それって少し変じゃないですか？」

「何がだ？」

「だって、私がこの町の話を聞いたのって、封印を解いた後の話ですよね？」

その言葉に、俺は一瞬足を止める。

「確かに、変だな」

アベリストウィスの話を聞いたのは、駆け出し冒険者たちを助けた後だ。

あの町からここまで距離はあるとはいえ、こうも印象が変わるものだろうか？

「ならこの町が寂れ始めたのは、ここ数年、長くても五年ぐらいの話なのか？」

「少なくとも、百年単位の話ではないと思いますけど」

「だとすると、物流が減ったのは本当にここ数年ぐらいの話ということになるな」

「理由はわかりませんが、恐らくは。あ、お店が見えてきましたね」

その言葉に視線を向けると、確かに食堂らしき建物の存在が見える。

多少の疑問は残るものの、俺たちはひとまず宿で聞いた店に入ることにした。

中に入るが、客の姿はどこにも見えない。

どう控えめに言っても、繁盛しているとはいい難《がた》い状況だ。

だがそんな状況であるにもかかわらず、掃除は綺麗《きれい》にされており、清潔感を感じられる。

こんな町の状況であるにもかかわらず、店員が手を抜かずに働いているのだ。

そして今、店の奥からその店員が顔を出す。

「あれぇ？　スコラオさん、今日は来るのが早いですね、ってお客さみゃ！」

俺たちの姿を見て、ウエイトレスが飛び上がるようにして驚いた。

彼女は碧色《あおいろ》の眼を大きく見開き、慌てたようにこちらにやってくる。

「す、すみません。いつもこの町の人しか来ないんで、油断してました」

ピンク色のショートツインを揺らしながら、彼女はあわあわと頭を下げる。

そんな店員に対して、アエリアが優しく笑いかけた。

「お気になさらずに。こちらの方こそ、先に声をかけなくてごめんなさい」

「いえいえそんな！　お客様をお迎えするのが仕事ですから！　ささ、こちらへどうぞ」

そう言われて、俺とアエリアは席につく。

ウエイトレスが水の入ったコップとメニューを持ってきた。

それを受け取り、お礼を言いながらアエリアがこちらに視線を向けてくる。

「何を頼みますか？　ラディ」

「ラディ？」

ウエイトレスが目を見開き、俺を見つめる。

その反応を訝《いぶか》しげに感じながら、俺は彼女へ視線を向けた。

「俺が、何か？」

「にゃにゃ！　も、申し訳ありません！　その、知り合いに同じ名前の人がいたもので」

そう言ってウエイトレスは、頭をかく。

「実は、ボクも最近この町に来たばかりで。懐かしくて、ビックリしてしまったんです」

アワアワしているウエイトレスに対して、アエリアが笑いかけた。

「ああ、そういうことですか。そういう偶然もありますよね」

「すみません。お騒がせいたしました」

そう言ってウエイトレスは、奥へと引っ込んでいく。

それを見送ると、アエリアはまたメニューに視線を落とした。

「それで、注文は何にしましょうか」

「そうだな」

そう言いながら、俺はアエリアと一緒にメニューを眺めていく。のだが——

……見られてるな。

背後から、ウエイトレスの視線を感じる。

だが、あくまでこちらを観察しているだけで、悪意があるような視線には視えない。

……同名の知り合いがいるから、気になってるんだろう。

そう思って、俺たちは注文するメニューを決めていく。

選んだのは、燻製《くんせい》の盛り合わせ。

カーティスが以前言っていた、肉、卵とチーズが入っている。

俺はそれだけでもいいと思ったのだが、

「せっかく町に来たんですから、栄養バランスを考えて食べないとダメですよ」

とアエリアに言われたため、野菜とベーコンのサラダも注文することとなった。

……確かに旅の道中は、どうしても偏食になりがちだからな。

先程のウエイトレスを呼び、注文を済ませる。

彼女が厨房《ちゅうぼう》へ戻るのを見ながら、アエリアが口を開いた。

「こんなこと言っちゃいけないんでしょうけど、私、少し安心しちゃいました」

「この町の住人全てが景気悪そうな顔をしていなかったことに対して、か？」

「ええ。ああいう明るい方もいらっしゃるんですね。なんだか、ホッとしちゃいました」

アエリアの言うことも、わからなくはない。

この町で笑みを浮かべていたのは、あの店員ぐらいだ。

「その調子で、料理の方も美味《おい》しければいいんだが」

「……ですね」

宿で聞いた話題に触れて、俺たちは互いに苦笑いを浮かべる。

やがてウエイトレスが、料理をテーブルに運んできた。

「お待たせしました！」

運ばれてきた料理を見て、俺は宿で聞いた話が事実だということを思い知る。

サラダの野菜はシナシナで、ベーコンも色味が悪い。

燻製の方はというと、こちらはまだマシな方だ。

だがいかにも硬そうで、旅の途中で食べる保存食の方が柔らかいだろう。

……どれも、腐りかけの素材を使って燻製したんだろうな。

「申し訳ありません、お客様」

俺の反応を見て諸々《もろもろ》察したのか、ウエイトレスが申し訳なさそうに頭を下げる。

心なしか、彼女の両に結んだ髪もしょんぼりしたようにうなだれて見えた。

そんなウエイトレスに、アエリアが笑いかける。

「そんなに謝らないでください。あなたのせいではないのでしょう？」

「宿で多少の話は聞いている。なんでも、この町の人の出入りが減っているとか」

俺の言葉に、ウエイトレスが小さく頷《うなず》く。

「そうなんです。だから物流も減って、料理もこんなものしか出せない状況で……」

「でも、前は違ったんですよね？」

「はい。昔は本当に住みやすい町だったんです。冒険者も、多く輩出していました」

アエリアの言葉に、ウエイトレスがそう答える。続けて彼女は、口を開いた。

「それはこの国、ボクルオナ王国が冒険者を積極的に支援していたことが関係します」

「冒険者、ですか？」

「はい。実はこの国の初代国王は、元々冒険者出身なんですよ」

しかも、かつて勇者と一緒に冒険をしていた一人なんですよ、と彼女は言った。

「ダンジョンをいくつも攻略して、そして引退後は勇者と別れて故郷に戻ったんです」

「それが、この地ということでしょうか？」

アエリアの言葉に、ウエイトレスが頷く。

「故郷に戻った冒険者はこの地の守護神と契約し、そしてここに国を作ったんです」

「守護神？」

神の名前が出てきたため、女神のアエリアが反応する。

そんな彼女に向かって、ウエイトレスは少し得意げに話し始めた。

「お客様は神様にお会いになられたことがないのですね。では先に、そちらの説明から」

　ふと見れば、アエリアが非常に気まずそうな表情を浮かべている。

　流石《さすが》にウエイトレスの方も、自分が女神相手に神の説明をしているとは夢にも思うまい。

　一方俺はカーティスから神のことを詳しく聞いていないため、彼女の話が気になる。

「神っていうのは、色々種類があるのか？」

「そうですね。皆様個性があって、携わっている範囲によって力に違いがあるんです」

「使える力の強さ、か？」

「それもありますが、権能もですね」

「例えば、火に関する神様であれば炎の力が得意ってことです。かね？」

　一度言い切ったセリフに、慌ててアエリアが疑問形の言葉を継ぎ足す。

　そんな女神の様子を気にせず、ウエイトレスは話を続けた。

「はい。そして力の序列は、神様が携わっている範囲に左右されやすいんです」

　ウエイトレスの話をまとめると、こういうことになる。

　例えば、この世界を作るのに携わった神様と大地を作るのに携わった神様。

　つまり創造神と地母神の力を比較すると、前者の方が携わっている範囲が『広い』。

　つまり、この世界を作るのに携わった神様の方が序列が高くなる。

　他の神様も同様だ。世界に比べたら、風や海の神は携われる範囲が『狭く』なる。

　そして海は波や潮などに細分化されて、より細分化された神がいる、というわけだ。

「ですが、それで全てなのでしょうか？」

そう言ってアエリアは、口を挟んだ。

「この世界にいるのは、自然界に携わっている神だけじゃありませんよね？」

「その通りです。だってそれだと、人間に携わっている神様が含まれていませんから」

「つまり、俺たち人間が作った文化や土地、概念に携わる神が生まれた。そしてそうやって人が作ったものを守護する神も生まれた、というわけか」

アエリアが頷きそうになるのをどうにか堪《こら》える横で、ウエイトレスは大きく頷く。

「だから初代国王と契約したのは、この地域を守ってくださる神様、守護神なんです」

「その守護神の方は、土地に対してだけでなく、住む人にも友好的な方だったんですか？」

「はい。国王以外にも優しく接してくれる、とても心優しい方ですよ。初代国王も、最初は国を作ろうだなんてだいそれたことは考えていなかったみたいなんです。でも、故郷の近くだけでなく、村々の周りに強力なモンスターが現れるようになりまして」

「それで初代国王はその守護神の力を借りて人々を守った、ということでしょうか？」

「そうです。初代国王は人が住む場所に強力なモンスターを近づけないように、取り計らったんですよ。更に手元に残ったお金で、かつての自分と同じ冒険者たちを支援し始めたんです」

「私にも、国の成り立ちが見えてきました。安全な場所には、人が集まりますから」

「はい。そうやって生まれた国を、歴代の国王たちはこの国を、そしてそこにある町々を守っていたんです。ですが数年前から、状況が変わってしまいまして」

そう言うと、ウエイトレスの顔色が悪くなる。

彼女は苦しそうな表情になりながら、口を開いた。

「ボクルオナ王国を治める、王が代替わりをしたんです」

「あまり、評判がよろしくない方だったのでしょうか？」

「そうですね。元々この方は小さい頃から評判はあまりよくなくて。王になる直前、怪しい奴《やつ》らと付き合いを始めたという噂《うわさ》も出回っていたぐらいです」

「なら、どうしてそんな人が今の王様になったのでしょうか？」

疑問の声を上げるアエリアに、ウエイトレスはこう返してきた。

「それは、魔術の実力がこの国で一番強かったからですよ」

ウエイトレスの言葉を聞いて、俺とアエリアは互いに視線を合わせた。

……この国は、強力な魔術を扱える人材を集めている。

ひょっとしたら、その理由について答えが出るかもしれない。

そんな俺たちをよそに、ウエイトレスは話を続ける。

「今の王は評判は悪くても実力は折り紙付きで、魔術でこの国で彼に勝てる人はいません」

「そんなに、強い方なのでしょうか？」

「もちろんですよ。あの魔法すら操れるのではないか、というのがもっぱらの噂でして」

だから今ではこの国民は皆、現国王のことを、こう呼んでいるらしい。


魔操王、と。


その名を口にしたウエイトレスの表情が、更に暗くなる。

「その魔操王がこの国を治めるようになってからです。この国の町々の近くで、強力なモンスターが現れるようになったのは」

その言葉で、アベリストウィスの物流が減った理由がようやくわかった。

俺の考えを裏付けるように、アエリアが口を開く。

「この町の物流が減ったのは、そのモンスターが現れるようになったせいですね？」

「はい、そうです。そしてこの状況は、この町だけじゃないんです。他の町でも周辺に現れるモンスターを倒せるような人じゃないと、町から移動するのも難しくって。今の時代、徒手空拳でモンスターと戦う人はそうそういませんから。そうなると必然的にモンスターを倒せるような人たちは、強力な魔術を使える人たちということになります。そして——」

「そうした人材はその魔操王という方の下《もと》に集められている、ということですか」

「その通りです。なので、今この国で魔操王に逆らえるような人はいなくて……」

そう言ってウエイトレスは、少し顔を俯《うつむ》ける。

「逆らえば、魔操王配下の魔統神騎士団を派遣してもらえなくなって、最低限生きていくのに必要な町周辺のモンスターの討伐をしてもらえなくなってしまいますから。そうなると、もう完全に生活できなくなってしまいます。この国で強力なモンスターに抵抗できる人は、魔統神騎士団ぐらいなものですから」

彼女たちの会話を聞きながら、俺は内心首を傾《かし》げていた。

……強力なモンスターなんて、この町の付近にいたか？

今まで俺とアエリアは、ここアベリストウィスまで徒歩で移動してきている。

その間モンスターには何度か遭遇しているが、特に苦労したような記憶はない。

……運よく、出会わなかっただけなのか？

「どうしたんですか？　ラディ。何か、気になることでも？」

「ボクに答えられることなら、なんでも聞いてください。ラディ」

二人にそう言われて俺は、そうだな、と言ってから口を開く。

「いくつか、聞きたいことがある」

「はい。なんでしょう？」

「遅まきながら、君の名前を聞いてもいいか？」

「ボクの、ですか？」

「そうですね。随分話し込んでしまいましたが、自己紹介がまだでした」

キョトンとしたウエイトレスに、アエリアが口を開く。

「私の名前は、アエリアといいます。彼の自己紹介は、既に終えてますよね」

「はい、大丈夫です！　あ、ボクの名前はエルマといいます」

「よろしくお願いしますね、エルマさん」

「はい、よろしくお願いします、アエリアさん！」

ここでようやく、エルマの顔に笑顔が戻る。

そんな彼女に向かって、俺は口を開いた。

「じゃあ、次の質問だ。エルマ」

「はい、どうぞ」

「エルマはさっき、この町には最近来たばかりだと言っていたな？」

「はい、そうですけど。それが、何か？」

「それは、本当なのか？」

そう言うと、エルマは表情を僅かに硬くした。

「……どういう、ことでしょうか？」

「いや。この国の説明が、まるで自分の眼《め》で見てきたように語るんだな、と思ってな」

魔操王については、今同じ時代を生きているのであまり気にならなかった。

だが、その前の国の成り立ちについては、どうだろう？

「初代国王や守護神とも、実際に出会ったことがあるような言い方に聞こえたんだが」

「にゃにゃ！　そ、そうですかね？」

「たまたまじゃないですか？」

そう言って俺を制したのは、アエリアだった。

「もしラディの言う通りエルマさんが初代国王と面識があるのだとすると、それこそエルマさんは数百年も生きていることになっちゃいますよ。でも、そんな年数を生きられる人間なんていませんｎ。ラディも、わかってますよね？」

その言葉に、俺は何も言えなくなる。

アエリアの言う通り、数百年も生きられる人間なんていない。

カーティスと俺が再会できないように、それはあり得ないのだ。

何も言えなくなる俺に対して、アエリアはエルマを安心させるように笑いかける。

「そんな突拍子もない考えより、こう考えるのが現実的ではないですか？　たとえば、エルマさんはこの国の、別の町に住んでいた。だからこの国の歴史についても詳しい、とか」

「そ、そうですそうです！　ボク、別の町にも住んでました！」

アエリアの助け舟にガクガクと首を縦に振るエルマを見て、ひとまず俺は追及を止《や》める。

アエリアはああ言っていたが、俺はまだエルマに対して聞きたいことが残っていた。

しかしそれよりも、俺はこの国の状況を確認する方を優先する。

「すまない、エルマ。変なことを聞いた」

「い、いえ、大丈夫、です」

俺は少し頭を振って、気持ちを切り替える。

「さっき、モンスターの対応を魔操王とやらに依存しているように言っていたな？」

「そ、それが、何か？」

疑われたからか、エルマが緊張した面持ちで口を開く。

俺は何もしないとでも言うように、両手を上げた。

「いや、冒険者ギルドには頼らなかったのかと、そこが気になったんだよ」

「ああ、そのことですね」

エルマは安心したように吐息を吐く。

「もちろんこの国の大勢の人が、冒険者ギルドに助けを求めました。でも、国中の町が同じようにモンスターの対応に苦しんでいるんです。だから人手も足りずに、実質的にこの地域の冒険者たちだけで対応はできないんですよ。そうこうしている内に町は廃《すた》れて、人も減り、でも魔操王の下には人が集まるという、そういう循環が起こってしまったんです」

「なるほど。そしてその後、魔操王は国の税金でも上げたのか？」

「……はい、その通りです」

その言葉に、俺は苦笑いを浮かべる。

一応俺も、貴族の出だ。

下手に力を持った奴がどういう行動に出るのかは、散々目の当《ま》たりにしてきている。

……貴族社会に俺が染まらなかったのは、ハズレスキルで無能だったおかげなのかもな。

そう思っていると、俺の視界にこの店の入口の扉、その金具が目に入った。

その金具には、町の入口の様子が映り込んでいる。

俺の瞳は、剣呑《けんのん》な輩《やから》がこの町に入ってくるのを認識した。

それに目を細めながら、俺は口を開く。

「エルマ。さっき言っていた魔統神騎士団とかいう奴らは、税の取り立てにも来るのか？」

「え？　はい。そう、ですけど。でも、税金の取り立てはこの前終わったばかりで——」

エルマの声を遮るように、店の扉が乱暴に開かれる。

中に入ってきたのは、屈強な体を鎧《よろい》で包む男たち。

絢爛豪華《けんらんごうか》な武具を着込んだその姿は、先程俺が金具経由で視《み》た姿そのものだった。

突如としてアベリストウィスに、魔統神騎士団の団員が現れたのだ。

団員たちの身なりは整っているがそれだけで、粗暴な気配は隠しきれていない。

「邪魔するぞ」

男たちは店の中を一瞥《いちべつ》し、エルマに向かって口を開く。

「店主を呼べ」

「か、かしこまりました」

息を呑《の》んだエルマが、奥に引っ込んでいく。そして、すぐに男性を連れてきた。

気の弱そうなあの彼が、店主なのだろう。店主は男たちの姿を見て、身を縮こまらせた。

「こ、これはこれは魔統神騎士団の皆様ではありませんか。本日はどのような――」

「この店が先日納めた税に不足があることが判明した。今すぐ不足分を支払ってもらおう」

一方的に言い放たれた言葉に、エルマの両目が驚愕《きょうがく》に見開かれる。

「そんな！　必要なお金は確かに納めたはずなのに……」

「こら、よさないか！」

店主がエルマを窘《たしな》めるが、男たちの視線はウエイトレスの方へと向けられている。

「ほぅ？　では、我らが嘘《うそ》をついている、と？」

「我らが魔統神騎士団と知ってそのような口を利いているのか？」

「これは我らが主《あるじ》、魔操王ヴァイルマン・マゲフォージ様に報告が必要だな」

「そうだな。アベリストウィスに、謀反《むほん》の気配あり、と」

「そんな！」

店主が団員たちに懇願するように跪《ひざまず》く。

「そんなことをされたら、この店どころかこの町が立ち行かなくなってしまいます！」

「なら、どうすればいいのかわかるな？　店主」

「そ、そう言われましても、店の方はこんなありさまでして。納められるお金なんて……」

「金がないのなら、他のものでも構わんぞ。価値があるものを持ってこい」

「価値があるもの、と言われましても……」

店主が弱り顔で頭をかく。

俺も一通り『視た』が、この店に金に換えられそうなものなんて、ありはしない。

これから俺たちの飲食代が支払われるが、それも焼け石に水といえるものだろう。

それは、魔統神騎士団の面々もわかっているはずだ。

……いや、わかっていて、この店を選んだのか？

作為的な気配を感じる俺の前で、団員が店主を睥睨《へいげい》する。

「では、やはり謀反の報告をせざるを得んな」

「そ、それだけはどうかご勘弁を！」

「なら、早く税を納めてもらおうか」

「ですが、この店に税の代わりになりそうなものなんて……」

「あるではないか」

そう言うと男たちの視線は、一人のウエイトレスへと向けられる。

それに気づいたエルマは、素っ頓狂な声を上げた。

「にゃにゃ！　ぼ、ボクですか？」

「ちょ、ちょっと待ってください！　どうしてうちの従業員を！」

「逆に言えば、この店は従業員を雇う余裕があるのだろう？」

「この町にある他の飲食店は、店員を解雇して金の工面をしている」

「それとも、税を逃れるためにこの女を雇っているのか？」

「だとすれば、やはりその罪を見過ごすわけにはいかんな」

「そ、そんな……」

あまりにも横暴な言いがかりだが、店主の方も強く言い返すことができない。

真正面から挑んでも、勝ち目は薄いのは明白。

かといって言われた通り税が払えるかと言われれば、この店にそんな金はない。

代わりに労働力を奪われそうになっているが、それを止めれば脱税の疑いをかけられる。

どう転んでも、最悪な結果しか待ち受けていないだろう。

やり口が手慣れているので、奴《やつ》らがこのように難癖を付けるのは一度や二度ではない。

そしてきっと、これが今後も続けられるのだろう。

その結果アベリストウィスに待っている未来は、決して愉快なものではないはずだ。

「さぁ、こっちに来るんだ」

男たちに強引に引っ張られ、エルマが悲鳴を上げる。

「は、離してください！」

「大人しくしろ！」

「貴様にはこれから、ヴァイルマン様の城で奉仕してもらうことになる」

「勝手に決めないでくださいよ！　助けて、助けてください！」

視線を向けると、アエリアと目が合った。

話を聞いている限り、あの男たちを敵に回すとこの町に不利益な状況になるようだ。

……だが、アエリアはヤル気十分みたいだな。

魔統神騎士団どころか、そのトップに君臨する魔操王の実力は不明なまま。

だとしても、この女神はためらうことなく進むのだろう。

俺としても、気持ちはアエリアと同じだった。

理不尽に自分の意見を踏み潰される様を見せつけられて、いい気分なわけがない。

その辛《つら》さは、俺も十分すぎる程経験している。

アエリアと同時に席を立ったところで、エルマと目が合った。

彼女が、こちらに向かって叫ぶ。


「助けて、ラディ！」


その言葉に、一瞬俺の動きが止まる。

……どうしてここで、俺の名前を？

アエリアは女性で、彼女が戦えるように見えなかったのかもしれない。

だとしても、どうして今日出会ったばかりの俺の名前を呼んだのだろう？

こういう時呼ぶのは、一番助けてくれそうな人の名前ではないだろうか？

この場合、言い返せなくなっていても付き合いの長い店主を呼ぶのでは？

……それとも、知り合いのラディが余程頼りがいがあったのか？

疑問が浮かぶが、状況は既に変化している。

団員たちが、俺たちの方を睨《にら》んだ。

「なんだ？　貴様らは」

「見たところ、この町のものでも、この国のものでもないな？」

「旅人か？　よそ者は引っ込んでいろ。痛い目にあいたくないのであればな」

「そうはいきません！　今まで聞いていた内容、かなり酷《ひど》いじゃありませんか！」

「……かなり無茶で乱暴な取り立てをしているようにしか見えないしな」

生まれた疑問を頭の片隅に追いやり、俺はアエリアと共に男たちに対峙《たいじ》する。

魔統神騎士団の面々が、口を開いた。

「だとしたら、どうすると言うのだ？」

「貴様らがこいつらの代わりに、金を払うのか？」

「それとも、貴様らが代わりにヴァイルマン様に奉仕するか？」

「我らとしては、それでも構わんぞ」

「どちらもお断りします！」

そう言ってアエリアが、彼らを指さした。

「あなたたちにはお帰り願いましょう。たとえ、力ずくになったとしても！」

アエリアの言葉に、男たちが不敵に笑う。

「戦おうというのか？　我ら魔統神騎士団と」

「ヴァイルマン様に選ばれた、我らと戦うと？」

「たかが旅人に、何ができる」

「まぁいい。これから、身の程を知れ！」

そう言って、エルマの腕を摑《つか》んでいた男が彼女を突き飛ばす。

エルマは短く悲鳴を上げて、店のテーブルへと乱暴に吹き飛ばされた。
その拍子に、エルマが着ている衣類が破ける。
大きく裂けた布の間から、彼女の白い背中が見えた。
その背中に、大きな火傷《やけど》のようなものが見える。
それは手が伸びるように、エルマを飲み込むように広がっていた。
床に崩れるエルマを見て、アエリアが抗議の声を上げる。
「ちょっと！　女性に対してなんてことを——」
女神が言葉を紡ぎ終える前に、男が一人店の外へと吹き飛んでいた。
それは、エルマを突き飛ばした男だった。
身体強化をした俺が、顔面に右ストレートを見舞ったのだ。
店の中が、一瞬静寂に包まれる。
俺はそれを気にせず、近くにいた別の男を蹴り上げた。
だが今度の奇襲は、男が抜いた剣に阻まれて失敗に終わる。
慌てたように、他の団員たちも剣を抜いた。
「貴様！　卑怯《ひきょう》だぞ！」
「ん？　よーいどん、で始めるのが喧嘩《けんか》の作法なのか？」
無能でハズレスキル持ちの俺から言わせてもらえば、隙を見せた方が悪い。

余裕があるのは、いつだって強者だけだ。

弱者は弱者なりに、勝つために必死に知恵を絞る必要がある。

「互いに敵だと認識したんだ。その瞬間から、もう勝負は始まっているものだろ？」

「貴様っ！」

剣を振り下ろされ、俺は後ろに下がって避《よ》ける。

避けながら、俺の視線は男が手にしていた剣に注がれていた。

……あの剣、どこかで見たような気がするな。

見れば、同じ剣を抜いた男たちが、俺とアエリアを囲んでいる。

背中合わせになった女神が、俺に耳打ちをした。

「いいですか？　ラディ。このお店、壊しちゃダメですからね？」

「大丈夫だ。最初の男もちゃんと手加減している」

そう言うが、俺が使った魔法は以前野盗に襲われた時、アエリアが使ったものだ。

女神が人間相手に使った魔法なら、間違いないだろう。

とはいえ、相手はこの国を変異させた一端を担う魔統神騎士団。

気持ち強く殴ったが、野盗相手に使った魔法ならどう間違っても死んではいないだろう。

「死んじゃいない。多分な」

「……本当に、大丈夫ですか？」

「だから、大丈夫さ。ソーセージを粉微塵《こなみじん》にしないぐらいには、加減しているよ」
そう言い終える前に、男たちがこちらに切りかかってくる。
それを躱《かわ》していると、別の男は剣を構えて言葉を紡ぎ出していた。
《我が敵を焼き尽くせ。燃え盛る炎よ》
魔術が発動し、炎が俺たちに向かって放たれる。
それを皮切りに、魔統神騎士団の面々が口々に同じ呪文を唱えて魔術を放つ。
店に炎が引火して火事が起こることなんて、全く考えていない戦い方だ。
無数の火球が、宙に生まれてこちらに襲いかかってくる。
だが、その威力は視《み》たところ抑えられていた。
こちらの出方をうかがっているのか、動くスピードも遅めだ。
龍だったアエリアのブレスを見ているためか、気持ち余裕を持って躱せる。
……でも、こいつらの力はこんなもんじゃないはずだ。
そう思っていると、アエリアの焦ったような声が俺に向けて放たれる。
「ラディ！　後ろっ！」
放たれた火球を、別の男が手にした剣が反射したのだ。
打ち返された火球は、改めて俺の背中を狙ってくる。
それを認識しながら、彼らが手にする剣が何に似ているのか俺は思い至った。

……『繰り返すものレゼブディスタ』か。

かつてカーティスが手にしていた、相手の攻撃を記憶できる魔導具。

魔統神騎士団の面々が使う剣は、あれに似ているのだ。

「見たか！　魔操王様より賜りし我らの力を！」

どうやらあの剣は、魔導具の一種。団員たちに魔操王が用意したものらしい。

団員たちが放った魔術を、あの刀身で反射しているのだ。

……見かけだけじゃなく、能力まで似ているとはな。

かつて、一度だけ行動を共にした冒険者のことを思い出している俺の方へ。

打ち返された火球が、全て死角と思える方向から向かってくる。が――

「視えているよ。視えすぎる程にな」

彼らが持つ剣の刀身が鏡のように光り、辺りの光景を映し出している。

俺たちを囲むように散開したことで、逆に俺にとって死角がなくなっていた。

これぐらいであれば、火球があと何万個増えても避けられそうだ。

「だが、こうも数が多いのは蚊のように鬱陶《うっとう》しいな」

「飛んでるのは火に入る虫じゃなくて、火そのものですしね」

そう言ったアエリアの手元には、魔法で作った水の玉が存在している。

女神の意図を理解した俺は、小さく頷《うなず》いた。

「落とすタイミングは合わせる」

「はい、お願いしますね」

そう言ったアエリアは、宙を舞う火球へ手にした水球を勢いよくぶつけた。

女神の水球は遠隔操作されており、次々に火球を撃ち抜いていった。

火が水により温度を下げられ、みるみるうちに鎮火していく。

店中を白煙が、一瞬にして包んだ。

そして、それだけでは終わらない。

アエリアが生んだ水は火を消し去った後、この店の床を伝っていく。

それも、俺たちやエルマたちを避けて、魔統神騎士団たちの足元だけに、だ。

彼らの足元に水が行き渡ったのを見計らい、俺は魔法で稲妻を生み出す。

「安心しろ。死なないように落としてやる」

そう言い終わる前に、電光石火の速度で雷がアエリアの生んだ水に落ちた。

落雷の衝撃で店が揺れ、感電した男たちが痙攣《けいれん》しながら床に倒れる。

男たちがまともに立てないのを一瞥《いちべつ》すると、嬉《うれ》しそうなアエリアがこちらに寄ってきた。

「できましたね、手加減！」

「……だから、大丈夫だと言っただろ？」

「いえいえ！　何せラディですから。何があるかわかりませんし」

「き、貴様らっ！」

倒れ伏した魔統神騎士団のうち、なんとか喋《しゃべ》れそうな奴《やつ》らが体をこちらに向ける。

「こんなことをして、ただで済むと思っているのか？」

「我らは魔統神騎士団の中でも、本隊に配属されていない末端団員」

「師団長が本気を出せば貴様らなんぞ、象が蟻《あり》を踏み潰す如《ごと》く潰されるだろう」

「魔操王ヴァイルマン様に歯向かったこと、後悔することになるぞ！」

「……こっちを下げるために自分を下げるの、悲しくならないか？　お前ら」

「いいですから、さっさと帰ってその魔操王さんとやらにお伝えください」

呆《あき》れる俺とは対照的に、アエリアはそう言って胸を張る。

「私たちが来た以上、今行われているような狼藉《ろうぜき》はこれ以上続けさせませんよ、って」

そう言った女神に違和感を覚えるが、それを団員たちの罵声が掻《か》き消した。

「くっ！　その言葉、忘れるな！」

「後で吠《ほ》え面《づら》をかくがいい！」

「覚えていろよ！」

剣を杖《つえ》代わりに、男たちが店の外へと出ていく。

「俺たちは逃げも隠れもしない。次は、その本隊とやらを連れてくるんだな」

俺も出口まで見送り、最初に吹き飛ばされた男が回収されるのを見届けた。

その背中が遠ざかるのを見つつ、自分の思案にふける。

今回アエリアが協力してくれたから、俺でも力を抑えて撃退することができた。

もし俺一人だけだったら、ここまで上手《うま》くはいかなかっただろう。

「あの、ありがとうございます！」

エルマが俺たちの方へ駆け寄ってきて、頭を下げる。

「危ないところを、助けて頂いて」

「いえ、あれは私たちが一方的にやったことですから。見ていて気分もよくありませんし」

「そうだな。それに、美味《うま》い燻製《くんせい》にありつけなくて、少しイライラしていた所でね」

肩をすくめてそう言うと、ここでようやくエルマが笑ってくれる。

アエリアが魔法で破れた彼女の服を修復している中、店主の方は頭を抱えていた。

「助けてくれたことには礼を言いたいが、君たちは本当にとんでもないことをしてくれたな」

ガクガク震えながら、店主は両手で自分の体を強く抱きしめる。

恐怖で気が動転し、俺たちが魔法を使ったことにすら気が回っていないようだ。

「魔操王に目をつけられたら、もうおしまいだ。ただでさえ物流が滞っているのに魔統神騎士団を引き上げられたら、この町の物資が圧倒的に足りなくなってしまう。いや、それだけじゃない！　あんな挑発的なことを言ったら、本当に魔統神騎士団の本隊がこの町に攻めてくるぞ！　魔操王が設立した魔統神騎士団、その中でも本隊の連中、特に師団長の強さは別格なんだ。最悪、この町自体が地図から消え去ってしまうかもしれない」

「……町を消すだけ？　ああ、手加減をしてその強さ――」

「しっ！　ラディはちょっと黙っててください！」

アエリアに言われて、少し黙る。その間に、女神は店主から話を聞き出していた。

「魔操王に逆らった方々は、他にどんな目にあっているのですか？」

「魔操王の城に連れていかれて、奴隷同然で働かされているよ。いや、奴隷になるぐらいなら、まだいい。最悪なのは、魔操王が新しく作る魔術の実験体になることだ。疫病に似た魔術や腕を新たに生やすような魔術はまだいい方で、中には精神をぐちゃぐちゃにされて、操り人形みたいになっちまった奴もいるっていう噂《うわさ》だ。嫌だ。私は、そんな風になりたくない。死にたくないし、死ぬなら、まともに人間らしく死んでいきたい……」

声がどんどんか細くなり、ついに店主は震えてうずくまり、その場で動けなくなる。

そんな店主の背中を、エルマがさすっていた。

それを見ながら、俺は何かを考え込んだように黙るアエリアの隣に並んだ。

そして、小声で話しかける。

「アエリアが気になっていたのは、操り人形の部分か？」

「ええ、そうです」

そう言った後、アエリアは深刻そうな表情を浮かべた。

「本来、魔法であっても精神操作系を扱えるような人間はそうそういません」

「だが魔操王は、魔法が失われたこの時代でそれを扱えるという話だったな」

「魔法すら操れる、という噂は、伊達《だて》ではないのかもしれませんね。それに、急に強力なモンスターが町々に現れるようになった、というのも気になります」

そう言ってアエリアは、小首を傾《かし》げた。

「初代国王は守護神と契約して、モンスターが近づかないようにしていたわけですよね？　それなのにモンスターは町の周辺に現れるようになった。守護神の力が弱まってしまったか、あるいはそれを超える力でモンスターが操られているのか、もしくはその両方か」

「……似ているように感じるのか？　アエリアがモンスター化させられた状況と」

俺の言葉に、女神ははっきりと頷く。

「はい。正常ではなくなる、当たり前が当たり前ではなくなる、自分の意志と全く違う行動を取らされるというのが。ひょっとしたら、魔操王というのは、私をモンスター化させた犯人と関係があるのかもしれません」

「……だからアエリアは、わざわざあいつらに魔操王へ伝えるように言ったのか」

アエリアにしては相手を挑発するような発言だったので、少し気になっていたのだ。

エルマたちを気遣っての発言でもあるのだろうが、ようやく納得した。

そう思っている俺に向かい、女神がイタズラが見つかった子供のように笑う。

「でも、そういうラディだって中々いい啖呵《たんか》を切っていたじゃありませんか」

「何かありそうなのは気づいていたからな」

そう言った後俺は、僅かに溜息《ためいき》を吐《つ》く。

「それに、魔操王のやり方が気に入らないのは事実だからな。ああ言いたくもなる」

「確かにそれはそうですね」

「だが結果として、俺たちに都合のいい状況は作れそうだな」

「そうですね。あれだけ挑発したんです。きっとすぐにお迎えをよこしてくれるでしょう」

「なら、それまで宿でゆっくり待つか」

「そうですね。あ、そういえば、まだ食事の途中でした。早く食べてしまいましょう」

「あ、あんたたち、一体、何者なんだ……」

ようやく顔を上げた店主が食事を再開し始めた俺たちの方を見て、そうつぶやく。

まるで、幽霊にでも出会ったような、そんな表情だった。

俺はアエリアと顔を見合わせ、互いに笑い合う。

俺はわずかに、口を動かした。

「何。ただの通りすがりの無能だよ」

◇◇◇

食堂から宿屋に帰ってきたその晩、俺は部屋の窓枠に座っていた。

星空を眺めながら、今後の対応について思考を巡らせている。

……魔統神騎士団の対応を、どうするか。

今日、食堂での戦闘はアエリアの助けもあって撃退することができた。

しかし奴らの話では、次は本隊、そして師団長が出てくるという。

あそこまで自信満々に言うということは、よほど強い奴らなのだろう。

戦闘を避けられるのであればそれが一番いいのだが、明日は確実に戦闘になるはずだ。

アエリアがいるからなんとかなるにしても、俺一人で戦う場面も出てくるかもしれない。

その場合、せめて女神の足手まといにならないよう、どう戦うべきかを悩んでいたのだ。

……それに、相手は魔統神騎士団やその師団長だけでなく、それを束ねる魔操王もいる。

どう戦うべきかに頭を悩ませていた所に、部屋の扉を叩《たた》く音が聞こえてきた。

そちらに視線を向けるが、扉からは反応はない。

そこから俺は、誰がやってきたのか推測してみた。

アエリアは今風呂に入っている。彼女なら遠慮せずに入ってくるのでアエリアは違う。

宿の店員ならすぐに扉から声をかけてくるだろうし、もっとノックが無気力なはずだ。

そうなると、俺たちの部屋を訪れるような相手といえば――

「エルマか？」

『にゃにゃ！　ど、どうしてわかったんですか？』

そう言ってエルマが、扉を開けた。

彼女はウエイトレスの衣装から、身なりのいい洋服に着替えている。

ジャケットにスカートと動きやすそうな格好で、部屋の中に入ってきた。

手で椅子に座るよう促すが、彼女は俺の隣にやってくる。

そして近すぎもせず遠すぎもしない距離で、窓枠に腰を下ろした。

そんなエルマに向かって、俺は口を開く。

「店は、あの後大丈夫だったのか？」

「おかげさまで。店主もなんとか落ち着いて家に帰りました」

「それはよかった。だが、よく俺たちがここに泊まっているってわかったな」

「言ったじゃないですか。町を移動するのも難しくなってる、って」

「……なるほど。アベリストウィスに最近出入りしたのは、俺たちだけ、ということか」

「そうです。それに、いつもガラガラな宿屋にこの部屋だけ明かりがついていましたから」

確かに、それなら俺が視《み》なくてもこちらの居場所は見つけられるだろう。

「それで？　エルマはどうしてここに？」

「改めてお礼を言いに来たんです。本当に、今日は助けて頂いてありがとうございます」

「礼なら、もう店で言ってもらっただろ？」

「いや、あの時はバタバタしてましたし。それに、お料理も満足なものが――」

「それこそ、エルマのせいじゃないだろ。後、礼というなら、アエリアの方に頼む。俺がやったことなんて、たかが知れてるしな」

「え？　でも、ラディ、さんも――」

「ラディでいい。今日店で助けを求められた時も、呼び捨てだったし」

そう言うとエルマはクスリと笑った後、口を開く。

「ラディだって、魔統神騎士団を殴り飛ばしたりしていたじゃありませんか」

「それ以外を倒すために水を作ったのはアエリアだよ。お前の破れた服を直したのもな」

「それは、そうですけど。でもラディが助けてくれたのは、事実じゃないですか」

貢献度の高さではなく助けたという事実として言われたのであれば、否定しようがない。

そう思っていると、エルマが少しいたずらっぽく笑う。

「ひょっとしてラディ、褒《ほ》められて照れてますか？」

「……どうしてそうなるんだ？」

「だって、普通お礼を言われたら素直に受け取るものじゃないですか」

「謙遜という言葉を知らないのか？」

「それとも言葉より何か別のものをお礼として所望している、ということでしょうか？」

「聞こえてるのに無視するのはやめろ」

そう言うが、エルマは俺の言葉を無視して、そうですね、と小首を傾げる。

僅かに悩んだ後、彼女は何かを閃《ひらめ》いたのか、両手を叩いた。

そして、さも名案だとでもいうように、口を開く。

「それじゃあお礼として、ラディには特別にこのスカートの中をチラ見せさせてあげます」

「今度こそちゃんと聞けよ？　いらん」

そう言うが、エルマはしたり顔でスカートをパタパタと動かす。

彼女の動きに合わせて、布がひらひらと白い太ももの上で泳いだ。

「そんなこと言っても、ボク、知ってるんですよ？　男の人って、こういう焦《じ》らされる感じが好きなんですよね？　でも残念でした！　スカートの下は――」

「スパッツ穿《は》いてるんだろ」

「なんで知ってるのみゃ！」

何故《なぜ》と言われても、スカートを動かしている時に黒いスパッツが視えたからだ。

それをわざわざ言う必要もないと思い、俺は口をつぐむ。

そんな俺に、エルマは不満げな表情を浮かべた。

「もう！　なんでそんな可愛《かわい》げがない反応なんですか？　ボク、面白くないです」

「礼に来たのに自分が面白がるのを優先するな」

そう言いながら、俺はアエリアにも似たようなことを言われたことを思い出す。

封印を解除した直後のことだったが、結局あれも意味がわからなかった。

そう思っていると、エルマがこちらに問いかけてくる。

「そういえば、アエリアさんはどちらに？」

「宿屋の風呂に行ってる。いつも長風呂だから、もう少しかかるんじゃないか？」

「……ふーん。アエリアさんとは、その、付き合いは長いんですか？」

「そうだな」

正直に封印についてまで答えると、彼女がパニックを起こしてしまうだろう。

とりあえず事実だけ認めて、今は余計なことは言わないことにした。

だが彼女はまだ何か言いたげに、半歩程俺との距離を縮めてくる。

「なんだ？」

「いえ。その、お付き合いのながーいアエリアさんに置いていかれたラディは、一人部屋に残って、一体何をしていたのかな？　と思いまして」

……言い方になんだか棘《とげ》があるな。

と思いつつ、俺はその疑問に答える。

「明日の作戦を考えてたんだよ」

「作戦、ですか？」

「ああ。明日にはきっと、魔統神騎士団がやってくるからな。その対応についてだ」

そう言うとエルマは、僅かに身を震わせた。

昼間店で起こった出来事を、思い出しているのかもしれない。

「大丈夫だ。なんとかなるさ。アエリアがいるからな」

「……なんだか、アエリアさんのこと、随分と信頼してるんですね」

「まぁ、勝利の女神だからな」

……実際、本当の女神だし、魔法も使えるからアエリアがいたら勝てるだろ。

魔法を使えるという魔操王はわからないが、それ以外ならどうにかできるはず。

そう思っていると、エルマは不機嫌そうに頬を膨らませた。

そして半歩俺から距離をとり、彼女は唇を尖《とが》らせるように口を開いた。

「それで、その作戦っていうのは、どういうものなんですか？」

「一対複数、もしくは二対多での戦いになるはずなんだ。だから、まず数の優位性をなくす方法が必要なんだよ」

「今日やったみたいに、ビリビリさせたりですか？」

「そうだ。だが、流石《さすが》に相手にもその情報は入ってるだろう」

多少なりとも、対策はされるはずだ。

「だったら、どうするんです？　ラディ」

「たとえば、毒とかはどうだ？」

「毒！」

エルマが、驚いたように俺の顔を見る。

「ど、毒って、いきなり殺しにかかるってこと？」

「殺さなくても、麻痺《まひ》とかそういうのでもいい。身動きを止めればいいんだから」

「……なら、植物を使うとかは？　相手を、こう、縛っちゃうの」

そう言ってエルマは、自分が腕を拘束されて、身動きが取れないようなポーズをとる。

それを見て、俺は頷《うなず》いた。

「確かに、それはありだな。いかにもアエリア向けな気がする」

「他には、氷とかはどう？」

「……凍らせるのは確かにありだが、無傷で捕縛したい時には向かないかもな」

手足を凍らせるだけでも、凍傷になる可能性がある。

だがエルマは、違う違う、と首を振った。

「体を直接凍らせなくてもいいんじゃない？　身動きが取れなければいいんでしょ？」

エルマは、鉄格子を摑《つか》むような格好になる。

それを見て、俺は彼女の言いたいことを理解した。

「なるほど、檻《おり》か」

「檻じゃなくても、こう、人間の体って手と足の動きを制限されたら動けないからね」

そう言ってエルマは、ベッドの上に寝っ転がった。

そして彼女はシーツを引っ剝《ぺ》がすと、自分の体に巻き始める。

それは、腕と足の関節の可動域を減らすような巻き方だった。

だが、彼女の思い描いている状態にならないのか、エルマはうー、っと唸《うな》る。

「シーツだと、柔らかくてあんまりそれっぽく見えないなぁ」

「いや、言わんとしていることはわかるぞ」

俺は、エルマに巻かれているシーツの端を引っ張る。

すると当然、引っ張られたシーツは棒のように真《ま》っ直《す》ぐに伸びた。

「こうやって、たとえば氷柱《つらら》を差し込んでいけば、手足が動けなくなる、ということか」

「あっ、う、うん、そ、そうそう。そんな、感、じ」

シーツを俺が引いたので、エルマの口から呻《うめ》くような声が聞こえてくる。

「悪い。ちょっと強くしすぎたな」

「だ、大丈、夫。そっちの方が、よく、見え、る、でしょ？」

見えるというか、理解しやすい。

今まで身動きを止めるには、意識を失わせたり、手足を縛ったりする方法を考えていた。

……だが、固形物でもいいのであれば、選択の幅がもっと広がるな。

使う棒みたいなものは、氷柱でもいいし、鉄でも岩でもなんでもいい。

身動きを止めたい相手が、その棒を壊したり曲げられない強度があればいいのだから。

「意外に汎用性が高いな」

「だ、だよ、ね？　ほ、他にも、ど、泥とか、ある、よ」

「泥！　そうか、その手があったかっ！」

エルマの言葉に、俺の中で無数のアイデアが溢《あふ》れ出した。

拳に力を入れながら、俺は夢中になって自分の中に生まれるそれらを形にしていく。

「泥。つまり土なら比較的どこにでもあるし、泥なら植物を使うように相手を縛れるな」

「ら、ラディ？　ちょ、ちょっと、きつ、く、な、なって、きた、かも」

「しかも泥は乾燥すれば固まる。それはつまり相手の状態に応じて拘束の仕方を変えられるということだ。拘束の強度は、泥の乾燥具合やそれに混ぜる物質でも柔軟に変えられる」

「ま、また、絞まっ、て、あっ、熱く、体、熱くてあっ、首、ちょっと、絞まっ、んっ！」

「混ぜる物質といえば、可燃物質を泥に混ぜるのもいいな。拘束した相手が不穏な動きをした場合、すぐに燃やして反撃することができる。いざという時の保険にも使えるだろう」

「あっ、熱、熱い、ょ。顔、熱く、首、ぎゅって、する。あ、あ、れ？　変、だな」

「泥というか、土を使うなら、いっそもっと大きく使ってしまうのはどうだろう？　そもそも相手の足場をなくしてしまうという作戦も、意外に使えそうだな」

「首、絞まっ、てる、のに。へ、変、だ、ボク。な、なんだか、変、だ、ょ」

「地面がなくなってしまえば、大抵の人間は立っていられない。だが、その場合相手の安全性が問題だな。いや、それこそ水を使えばいいのか？　水なら相手を池に、泥なら沼に相手を落としたような状況を作ることができる」

「首、絞まって、る、のに。あっ、な、なんで？　なんで、こ、んな、安心、す、りゅ、の？」

「つまり、戦えなくなるというわけだ」

「何が、戦えなくなるんですか？　ラディ」

言われた言葉に振り向くと、そこには風呂から帰ってきたアエリアの姿があった。

どういうわけか額に青筋を立てながら、女神は俺を睨《にら》む。

「私がお風呂に入っている間に、随分と楽しそうなことをしていらっしゃいますね？」

「楽しい？　いや、俺たちは至って真面目に取り組んでいるんだが」

何せ、明日、魔統神騎士団、師団長、そして魔操王と戦うための作戦の立案中。

俺としては真剣に考えてから、明日の戦いに臨みたい。

そう思うのだが、俺の言葉で女神は更に青筋を膨張させる。

「真面目に？　真面目に取り組んでいる、ですか？」

「それはそうだろう。こっちは命がかかっているからな」

「命！　命がけでやってるんですか？　私の全裸見てもケロっとしていたくせにっ！」

「……なんの話をしてるんだ？」

「酷《ひど》い！　もう忘れたんですか？　前もお風呂に入ってる時に見たじゃないですかっ！」

「この町に着く前だろ？　それは覚えているが」

「だったら、なんなんですか、それはっ！」

そう言ってアエリアは、ベッドの方を指さした。

視線を向けると、そこにはシーツで縛られたエルマの姿があった。

彼女は手足だけでなく、首元まで縛られ、艶《なま》めかしい表情で荒い呼吸を繰り返している。

……作戦を考えるのに夢中で、全然視《み》えていなかった。

手にしたシーツを離すと、エルマの拘束が解かれる。

自由になった彼女は目尻に涙をためて、熱い吐息を零《こぼ》しながらこちらを向いた。

「も、もう、ボク、の、役目は、お、終わりまし、たか？」

「そうだな」

ある程度、作戦の目処《めど》も方向性も見えてきた。

俺の言葉を聞いて、エルマは嬉《うれ》しそうに笑う。

「よ、よかっ、た。ボク、役に、立てたん、だね」

「ああ、お前はよくやってくれたよ。エルマ」

「……んふふっ。嬉しい、な」

「うわぁぁぁあああんっ！」

半泣きになったアエリアが、俺をベッドに突き飛ばす。

女神は俺にマウントポジションを取りながら、さめざめと口を開いた。

「ほらー！　やっぱり、なんか変な主従関係ができてますよ！　なんですか？　なんなんですか？　私のこと可愛《かわい》いって言ってくれたじゃないですか！　あれは嘘《うそ》だったんですか？」

「言ったし、今も思ってるぞ」

そう言って女神のサラサラな髪をなでて、彼女の涙を拭う。

「今もとっても可愛いぞ、アエリア」

「っ！　っっ！　そ、そうやって誤魔化そうとしても無駄ですからね！　私に飽きて、若い子に手を出したんでしょ？」

「若い子？」

そう言うとアエリアは、頬を全力で膨らませてエルマの方を指さした。

エルマの方へ視線を向けると、彼女は慌てたように衣服を整えている。

「あ、あの、ボク、はしたない所を見せちゃって、その、ごめん、なさい。で、でも、あ、あの、あ、あんなことするの、ラディ、だけだから」

そう言って熱っぽい視線でこちらを一瞥《いちべつ》した後、エルマは部屋を飛び出していった。

その間ずっと、俺はアエリアに心臓マッサージみたいなことをされている。

「や、やっぱり、ラディも他の男の人と同じで、若い子の方がいいんだ。私みたいな、おばあちゃんより、ああいう若い子の方がいいんでしょ？」

「おばあちゃんって」

女神のアエリアは、確かに数百年は生きているだろう。

だが外見は十八歳ぐらいだし、エルマはそれよりもう二つ、三つ下ぐらいだ。

「アエリアもエルマも、そんなに変わらんだろ」

「かーわーりーまーすー！」

珍しく駄々っ子みたいになったアエリアを、俺は体を横にしてベッドに倒す。

もう一度女神の涙を拭いつつ、俺はこの部屋で起こった経緯を説明することにした。

「アエリアが風呂に入っている間に、俺一人で魔統神騎士団たちとどうやって戦うのか作戦を考えてたんだよ。足手まといになりたくないからな」

「……嘘です。そんなことしなくたって、ラディなら勝っちゃうじゃないですか」

「それはアエリアが俺といつも一緒にいてくれるから、っておい、まだ俺風呂に入ってないんだから、そんなに引っ付くな」

「いいんです。続けてください」

アエリアの抱きまくら状態になりながら、俺は言葉を紡いでいく。

「相手の身動きを魔法で止める方法を考えてたんだが、そしたらエルマがやってきてな。今日助けてくれたお礼をしたい、って言って、それで――」

「そのお礼で、縛らせてもらってたんですか？」

「だから違うって。身動きを止める方法で、毒とかそういう話をしてたんだが――」

「……毒魔法だったら、麻痺《まひ》とかよりも睡眠効果があるものがいいですよ。死んでしまうほど深い眠りにいざなわなければ問題ありませんし、それに、風魔法を使えばその効果を限定できるので、無力化したい対象だけに絞って魔法が使えます」

「なるほど。それは妙案だな」

流石《さすが》女神。魔法の使い方については、俺なんかじゃ足元にも及ばない。

「凄《すご》いな。流石アエリアだ」

「……そう思うのでしたら、最初っから私を頼ってくださいよ」

「風呂行ってたんだから無茶言うな。女風呂まで行くわけにもいかんだろ」

「でも、今日の宿は私たちの貸し切りですよ？」

「だからって行けないだろ。風呂覗《のぞ》きに行くのと変わらないし」

「私の体は、もう何度も見てるじゃないですか」

「その都度悲鳴を上げてるだろ？　あれは覗かれるのが嫌だからじゃないのか？」

「あ、あれは乙女の恥じらいをですね！　といいますか、そう思っているのなら、少しはすまなそうにしてください！」

アエリアからポコポコ胸板を叩《たた》かれるが、全然痛くはない。

叩きながら、女神がジト目を向けてくる。

「それで？　どうして途中まで真面目な話をしていたのに、最終的にそんな卑猥《ひわい》な行為になっていったんですか？」

「卑猥じゃなくて、相手を拘束する方法を試してたんだよ」

「と、いうと、縄で拘束する方法ですか？」

「いや、棒だな。氷とかで相手を拘束する時、関節を動かないようにすれば身動きを封じられるんじゃないか？っていう話をしていて。実際に棒がないから、シーツを代わりにして試してたんだ」

「……なるほど。それなら攻撃しながら相手の身動きを封じられますね」

「だろ？　泥でやるとまた戦略の幅が広がりそうでな」

「確かに！　成分によっては結構色々できそうです！」

「そうなんだよ。ただ、そこまでは試せてないんだ。泥は流石に使えないからな」

「え？　どうしてですか？」

そう言ってアエリアは、部屋に魔法で粘着《ねばつ》く泥を生み出した。

ベッドの周りに、泥の触手が生まれる。

一方俺は、女神が全く考えなしでそんなことをしてはいないと思いながらも、若干焦った。

「おい、宿でそれは流石にマズいんじゃ――」

「大丈夫ですよ、ラディ。魔法で汚れは落とせますし、部屋の音も漏れないようにしてます。心配いりません」

「……俺はまだしも、アエリアは風呂入ってきたばっかりだろ？　汚れたら――」

「ですから、事が済めばこの部屋も、ラディも、私も綺麗《きれい》になりますよ」

そう言った後、アエリアが俺を上目遣いで見つめてくる。

「それとも、私とは一緒に色々試してくれないんですか？」

その言葉に、俺は思わず嘆息した。そう言われては選択肢は一つしかないようなものだ。

「やるのはいいが、もう夜も更けてきた。わかっていると思うが――」

「もちろんわかってますよ。程々に、程々にしますから」

そう言ってアエリアは、生み出した泥を触手のように動かした。

それを視て、女神の魔法を即時に理解。
俺も彼女の触手に対抗するように、ベッドの周りに泥の腕を生み出す。
元々は、俺が戦うために考えていた作戦だ。
そのため、アエリアだけが魔法で泥を操っても意味がない。
……明日の本番前の練習をアエリアにしてもらえている、と考えればいいか。
そう思っている俺を見て、女神が妖艶《ようえん》に笑った。
「それじゃあ、たくさん、たーくさん、試しましょうね？　ラディ」
「……程々にするって言ってたよな？　さっき」
そう言い合っている間に、アエリアの触手と俺の腕が絡み合う。
時に強引に、時に緩急をつけながら、俺とアエリアの攻防が始まった。
その最中、明日の魔統神騎士団との戦いでの役割分担の話もしていく。
色々議論を重ねるうちに、気づけば時間もかなり経過していた。
結果として、その夜俺たちは滅茶苦茶《めちゃくちゃ》泥だらけになった。

五章

魔操王ヴァイルマン・マゲフォージは、負傷した部下からの話を聞いていた。

魔操王の脇に控えているのは、魔統神騎士団の本隊を預かる師団長たちである。

そちらに一瞥たりとも視線を向けず、ヴァイルマンは口を開いた。

「ほう？　貴様らが、相手にならなかった、と？」

「は、はい。申し訳ありません……」

「ですが、あの二人は強すぎます！」

「複数人で囲み、頂いた魔導具も使ったのですが歯が立たず……」

「しかもあいつら、無詠唱で魔術を使ったのです！」

その言葉に、ヴァイルマンの瞼《まぶた》が僅かに動く。

「無詠唱魔術、か。なるほど。ならば貴様らでは相手にならんかもしれんな」

「はい。我らではとても歯が立たず、できれば本隊の団員の方々を――」

「それは当然考えるとして、だ」

そう言ってヴァイルマンは、玉座から報告する団員たちに視線を向ける。

「突然現れた旅人に負けるような無能は、俺様の魔統神騎士団には不要だ」

ヴァイルマンがそう言い終える前に、彼の『魔法』が発動。

今しがた彼に報告をしていた団員たちが、一瞬にして全滅していた。

たとえば一人は肉塊になり、一人は消し炭になり、一人は彫刻のように凍りつく。

誰一人、同じ死に方をしたものはいなかった。

自ら作り上げた死体を睥睨《へいげい》し、ヴァイルマンはつまらなそうに口を開く。

「おい。いつまで俺様の前に、この醜いゴミを晒《さら》すつもりだ？」

その言葉で、脇に控えていた本隊の団員たちが弾《はじ》かれたように飛び出してくる。

死体を片付ける彼らを一顧だにせず、ヴァイルマンは静かに口を開いた。

「件《くだん》の、無詠唱魔術を扱う、男女二人の旅人。どうやら両名とも、俺様の魔統神騎士団の師団長レベルではあるらしい。ふっ、面白いではないか」

そしてヴァイルマンは、不敵に笑った。

「その二名。会ってみたいな。俺様の前に連れてこい」

その言葉に、魔統神騎士団本隊の団員たちがざわめく。そして、誰かが口を開いた。

「……今、なんと？」

「連れてこい、と言ったのだ。優秀な人材であれば、魔統神騎士団に加えたい」

部屋の中のざわめきが、大きくなる。

「お、お言葉ですが、話を聞く限りその二人、とても素直に従うとは思えません」

「ならば、素直に従うようにすればいいではないか」

「ですが、それは――」

「おい、やめないか！」

再度進言をしようとした団員の口を、別の団員が塞ぐ。

これ以上口答えをしたら、今度は自分たちが片付けられる側になると、知っているのだ。

魔操王はそのやり取りを鼻で笑い飛ばし、静かに口を開いた。

「経歴がどうであれ、俺様は有能な人材は手に入れる。どんな手を使っても、な」

その発言に、脇に控えていた誰かが歯噛《はが》みをした。

しかしそれに気づいた様子もなく、ヴァイルマンは滔々《とうとう》と言葉を紡ぐ。

「だが、どうせ加えるのであれば、従順であるに限る。従順に、ただ俺様から受けた命《めい》を淡々にして粛々とこなす。俺様の魔統神騎士団は、そうあるべきだ」

そう言うとヴァイルマンは手にした剣を杖《つえ》代わりに、玉座から立ち上がった。

そして、脇に控える面々へ視線を向ける。

「誰ぞ、俺様の真意を汲《く》み取れるものはいないか！」

「その役目、我にお与え頂きたいっ！」

そう言って一歩踏み出してきたのは、巨大な槍《やり》を持つ、大男。

彼は不敵に笑うと、魔操王に進言する。

「ヴァイルマン様がお求めになられている、その二人組。我らが第四師団で、必ずや教育を施して御身に献上するとここに誓いましょう！」

「よかろう。ではこの件、貴様に任せるぞ。第四師団長ゲルヴィヒ・ヴェヒトラー」

そう言ってヴァイルマンは、不敵に笑った。

笑う魔操王の手には、剣以外にもあるものが握られている。

それは、鎖だった。

その鈍色《にびいろ》に光る鎖の先は、あるものに繋《つな》がっている。

ヴァイルマンはそれに視線を向けて、更に愉悦で口角を吊《つ》り上げた。

◇◇◇

アベリストウィスは、朝から物々しい雰囲気に包まれていた。

この町に魔統神騎士団がやってくると知り、人々は絶望の表情を浮かべている。

「魔操王に目をつけられたら、もうこの町はおしまいだ」

「一体私たち、これからどうなっちゃうのかしら？」

「いっそ、昨日問題を起こした奴《やつ》らを魔統神騎士団に差し出すのはどうだ？」

「馬鹿言え！」

「本隊ではなかったとはいえ、団員を倒した相手を俺たちがどうにかできるわけないだろ」

「それに今更そんなことをしても、相手の怒りは収まらんだろうしな。完全に詰んでるよ」

恐れおののく人々を横目に、俺は口を開く。

「エルマはいいのか？　向こうの町の人たちに交じらなくて」

当たり前のように俺とアエリアのそばにいる彼女は、当然といったように口を開く。

「え？　だってどう考えてもラディたちと一緒にいたほうが安全じゃないですか」

「それは確かに、その通りかもしれませんね」

エルマの言葉に、アエリアが苦笑いを浮かべる。

「でもあまり町の方と別行動を続けると、今後この町で生活しづらくなりませんか？」

「心配いりませんよアエリアさん。魔操王に喧嘩《けんか》を売った以上、負けたら終わりですし」

それに、と言って、エルマは少しだけ寂しげに笑う。

「勝ったら勝ったで町の復興に忙しくて、皆ボクの行動なんて思い出す暇ありませんから。

と、ところで、その、昨日は夜遅くにすみませんでした。あの、まさかあのタイミングで
ああいう感じになるとは、ボク、思ってもなくて」

「大丈夫ですよ、エルマさん。逆に貴方《あなた》のおかげで、昨晩は充実した時間を過ごすことが

できましたから。それも、どろっどろに」

「……え？　え！　ちょ、ラディ？　ボクとあんなことしたのに、アエリアさんにも何かしたの？　ねぇ、何したの？　ねぇ！」

「別に、変なことはしてないぞ。お前と話していた内容を実践していただけで、っと、悪いが、あちらさんがもうすぐ到着するみたいだ」

そう言った俺の眼《め》は、随分前からこの町に近づく土煙を捉えていた。

魔統神騎士団の本隊が、この町に向かっているのだ。

人数的には、一個中隊といったところか。

皆鎧《よろい》に身を包み、腰にはあの剣を下げている。

騎兵が中心となっており、隊の中心には豪奢《ごうしゃ》な馬車が存在していた。

……あの馬車は、どう見ても戦うために用意されたものじゃないな。

煌《きら》びやかな外見にすることで、自らの存在を目立たせているのだ。

その理由は財力的な差を見せつけるためか、あるいは——

……それなりの、格を持つ奴が乗っている、か。

そう思っている間に、魔統神騎士団が町の入口付近に到着する。

こちらを逃がさないよう、扇状に隊列を整えていた。

それを眺めながら、俺たちも入口から町の外に出る。

アベリストウィスを戦場にするわけにはいかない。

舗装された道を中心に、俺たちを囲うようにして団員たちが広がっていく。

草原を馬の蹄《ひづめ》が踏み荒らし、青々とした葉が土の色で汚されていった。

「貴様らか？　魔操王ヴァイルマン様に歯向かう愚か者というのは」

そう言って、一人の男が手綱をたぐり、馬をこちらに進めてくる。

「この国でヴァイルマン様に楯突《たてつ》くとは、命知らずにも程がある」

「悪いな。この国には昨日着いたばかりで、事情に疎《うと》くてね」

そう言って俺は、肩をすくめる。

「燻製《くんせい》料理が絶品と聞いて寄ってみたんだが、どうやら今はそうではないらしい」

「残念ながら、物流が滞っていて満足に料理もできないようなんです」

「どこかの誰かさんのせいで、な」

アエリアの言葉を引き継いで、俺はそう言った。

その言葉に、男は鼻を鳴らして笑う。

「滞っていると言うが、人が餓死する心配がない物資の供給は行われているはずだ。そして、それを行っているのは我らが魔統神騎士団。そしてそれを率いる魔操王様のおかげである。我らがいなければモンスターに対応できず、死ぬしかないのだからな。むしろ体を張って町々の住民の命を守っている我々は称賛こそされれど、罵倒されるいわれはない」

「何言ってるんだ？　お前」

俺は溜息《ためいき》を吐《つ》く。

「そもそもこのボクルオナ王国は、そのモンスターから人々を守ることが前提で成り立ってたんだろ？　つまり、国が提供していた安全という生活基盤が崩れそうになっているわけだ。その前提を回復せず、回復できない脆弱《ぜいじゃく》なお前たちが、何を勘違いして偉そうなことを言っているんだ？」

「そうですそうです！　モンスターの対応が追いつかず、やむを得ず物流の維持のために国民に負担を頼むというのであれば理解できますが、貯蓄全てを毟《むし》り取ろうとするのはやりすぎです！　横暴ですよ！」

「そうだそうだ！　酷《ひど》すぎますよ！」

アエリアとエルマの言葉を聞き、更に男が笑う。

「ならば直接、貴様らがヴァイルマン様に国策について意見を述べてみるか？」

「……何？」

想定外の言葉に、俺たちは一瞬虚を衝《つ》かれた。

……挑発をして失言を誘い、魔操王の情報を手に入れようと思ってたんだがな。

そして切りのいい所でアエリアの魔法で爆破。一網打尽にする想定だったのだ。

しかし、どうやらこの話は想定外の方向に進むらしい。

「そこのお前とお前は、聞く所によると無詠唱魔術が使えるようだな」

正確には魔法なのだが、そんなことをここでいちいち説明する義理もない。

「だったら、なんなんだ？」

「ヴァイルマン様は、強力な魔術を使える人材をお求めだ。昨晩の一件をお耳に入れたところ、貴様らに興味を持たれたご様子。喜べ！　貴様らは我らが魔操王様にお目通りが叶《かな》う栄誉を賜れたのだ。光栄に思うがいいっ！」

アエリアが、俺の方を一瞥《いちべつ》する。女神の意図を理解し、俺は小さく頷《うなず》いた。

俺は男に向かって、口を開く。

「それで？」

「……何？」

「いや、ただ俺たちを連れていくだけなら、これだけの人を動かす必要はないだろ？」

そう言って俺は、改めて展開している魔統神騎士団を見渡した。

そんな俺の反応に、男は満足そうに頷く。

「察しがいいのは助かるぞ」

男は、残忍な笑みを浮かべた。

「我らとしても、無作法者をヴァイルマン様の下《もと》へ連れていくわけにはいかないからな」

そう言うと、彼は腰の剣を抜き放つ。

「ここで貴様らに、身の程を思い知らせてやろうと思ってな！」

その言葉を皮切りに、団員たちが各々剣を抜き放った。

抜刀の音を背に、男はこちらに手にした剣の切っ先を向けてくる。

「いかに個々の能力が突出していたとしても、それは所詮個の力に過ぎん！　十の単位であれば確かに劣勢を覆せるかもしれん。だが、百を超える集団に対しては貴様らなんぞ敵ではない！　個は所詮個でしかなく、集団の力の前には無力でしかないのだっ！」

「確かに、そうかもしれないな」

数は、力だ。

数値は純然たる事実であり、一であるものを一以外の値に変えることはできない。

そして一より二は数値的に大きく、二より百だと百の方が圧倒的に大きい値だ。

この事実を、覆すことは到底不可能。しかし――

「だが、戦えなければ、戦力はゼロでしかない」

そう俺が言い終えるよりも早く、アエリアが水魔法を発動。

舗装された道、草原を、一瞬にして泥沼へと変貌させる。

そして俺たちの周りで、悲鳴が上がった。だがそれは人のものではない。

馬だ。

魔統神騎士団員たちが乗る馬が沼地に足を取られ、満足に身動きが取れなくなっている。

底なし沼というほどではないが、大人の膝下ぐらいまでは泥で埋まっていた。

これで奴らの、騎兵としての機動性という優位は全くなくなる。

狼狽《うろた》える団員たちを横目に、アエリアが小さく笑った。

「馬は悪くないですから、傷つけるのは違いますしね」

「ええい、狼狽えるな！　馬から降りればこんなもの――」

「降りさせる時間を与えると思っているのか？」

そう言うが、馬の上から団員たちが沼地に降りている。

しかし彼らは、自分の足から地面に降りたのではない。

崩れ落ちるように、横倒しで馬から落ちたのだ。

「貴……様、何、を……」

眼の前の男も、眠気に必死に抵抗している。

しかし結局、自分の言葉を言い終える前に沼地に倒れ落ちた。

落下した男の重さを受けて泥が撥《は》ねて、彼の鎧を盛大に汚す。

俺が使ったのは、一応毒魔法に分類されるものだ。

眠気を催す魔法を発動し、それを風魔法で馬の上に乗る人間だけに行き渡らせたのだ。

一瞬にして、百を超える団員たちが無効化される。

昨晩宿で、団員たちを相手取る方法について考える機会があった。

その結果導き出した答えの一つが、これだ。

……人間、誰しも睡魔には抗《あらが》いがたいものだからな。

それにしても、こんなに簡単に魔法が効いてくれるとは思わなかった。

だが、倒れた男たちが本隊の団員というのを思い出し、俺は僅かに納得する。

……話を聞く限り、魔操王の労働環境はかなりきつそうだからな。

国民をあれだけ振り回すというのなら、部下なら尚更《なおさら》だろう。

疲れがたまり、俺なんかの魔法に安々と屈する程彼らは疲れていたのだ。

俺の魔法の効果で地面に突っ伏す男たちを横目に、エルマが口を開いた。

「にゃにゃ！　これ、ラディが全部やったの？　凄《すご》いっ！」

「沼地の方はアエリアだ」

「まぁ、これでひとまずこの場の決着はついたんですから、いいじゃありませんか」

そう言ったアエリアに向かい、俺は首を横に振る。

「いや、まだ残っている」

そう言った俺の視線の先には、あの豪奢な馬車が存在していた。

その馬車の扉が、ゆっくりと開かれる。

「ヴァイルマン様が気にかけるだけのことはある。そこらの有象無象では相手にならんか」

そう言って現れたのは、紅蓮《ぐれん》の鎧を着込んだ大男だった。

「我が名はゲルヴィヒ・ヴェヒトラー。栄えある魔統神騎士団の第四師団長である！」

鋭い眼光を持った男はその巨軀《きょく》よりも大きい槍《やり》を右手に持ち、それを地面に突き立てる。

泥水が撥ねるが、男の眉は僅かばかりも動かない。

奴《やつ》が手にした燃え盛るような槍の刀身が、太陽の光を照らしながら淡く輝いている。

それを横目に、エルマが小さな声で疑問を口にする。

「あのゲルヴィヒっていう奴だけ、なんで無事なの」

「馬車の中にいたからラディの魔法が届きにくかったというのもあるんでしょうけど」

「解毒の魔法、いや、魔術を使っているんだろう」

俺の視線は、ゲルヴィヒが持つ槍に向けられていた。

その刀身からあふれる淡い輝きは、奴が魔術を発動している証《あかし》。

たとえ初見であったとしても、俺が視《み》ればその全てを把握できる。

……俺も殺すつもりで魔法を使っていないから、魔術でも対抗できるんだろう。

ゲルヴィヒが、槍を俺の方に構えた。

「無詠唱魔術を使えるのが、貴様らだけだとは思わないことだな！」

そう叫んだゲルヴィヒは、構えた槍をその場で振るう。

振った槍が切断したのは、地面から伸びてきた泥の腕だった。

奴を捕縛するため、俺が発動した土魔法だ。

斬り結んだ腕が泥水に沈むのを見ながら、ゲルヴィヒが笑った。

「見たか！　魔統神騎士団師団長の実力を！　同じ無詠唱魔術の使い手であったとしても、魔術をどう扱うのか？　という技術力はこのように扱い手によって天と地ほどの差がある！　無詠唱で魔術を扱えるのはまだ魔術の道の入口に過ぎず、本当の力というものは、心技一体になった時にこそ、や、ちょ、ちょっと！　ちょっと待つがいい！」

ゲルヴィヒが慌てているのは、奴が喋《しゃべ》っている間にも俺が魔法を発動させているからだ。

相手も相手で、喋りながらも次々に這《は》い出る腕を斬り捨ててはいた。

それが可能だったのは、奴が言っていた心技一体というものが為《な》せる業《わざ》なのだろう。

槍の刀身には風や炎といった魔術が絶えず発動し、奴の動きと攻撃力を底上げ。

通常ではあり得ない斬撃と体捌《たいさば》きで、無数の腕を斬り落としていた。いたのだが――

「なんだ？　なんなのだ？　この数は！　斬っても斬っても溢《あふ》れ出してくるではないかっ！」

数は、力だ。

数値は純然たる事実であり、一であるものを一以外の値に変えることはできない。

そして一より二は数値的に大きく、二より百だと百の方が圧倒的に大きい値だ。

この事実を、覆すことは到底不可能。

「これ程の力を扱えるとは！　まさか本当に、師団長と同等の実力があるというのか！」

「……どう見てもラディの方が圧倒的に押してるような気がするんだけど、同等？」

「まぁ、今までこの国で敵なしだったみたいですし、一方的に負けそうな状況というのは、受け入れ難《がた》い現実なんでしょうね」

エルマの言葉を聞き、アエリアが溜息を吐く。

「それにしても性格が悪いですね、ラディ。あなたなら一撃で吹き飛ばせるでしょうに、あんなじわじわと相手を嬲《なぶ》るように追い詰めるようなやり方をして」

「……昨日は手加減しろと言っていたのに、理不尽じゃないか？」

それに、俺としては別にあのゲルヴィヒという男を侮っているわけではない。

土魔法に気を取られている間に、別の魔法を発動しようと思って準備していたのだ。

無効化された毒魔法以上に強いものを、と思っていたのだが――

「この！　く、くそっ！　小癪《こしゃく》な！　ぬぅ！　おの、おのれっ！」

……おかしい。このまま土魔法だけで勝ってしまいそうだ。

魔統神騎士団の団員の実力は、昨日アエリアと一緒に戦ったのである程度把握していた。

本隊の団員ではなかったとはいえ、女神と一緒なら勝てない相手ではない。

だが、魔操王とは言わないまでも師団長の実力というものは未知数だった。

だから万全を期すために、二段構えの魔法で戦うことを想定していたのだが。

しかしゲルヴィヒは、もう泥に塗《まみ》れて満足に身動きが取れなくなっている。

……昨晩、アエリアに付き合ってもらった成果が出ているのか？

「く、そ！　くそっ、卑怯《ひきょう》だぞ！　こちらの得物が槍であるのを見て遠距離攻撃ばかり仕掛けてくるとは！　いざ正々堂々、尋常に斬り結べっ！」

「あいつ、めちゃくちゃ言ってるのみゃ」

「多勢に無勢でこちらに攻め込んできたのは、自分たちの方でしょうに」

エルマとアエリアが呆《あき》れている間にも、ゲルヴィヒは泥の腕に搦《から》め捕られていた。

そしてついに、身動きが取れなくなる。

顔だけ残し、食虫植物に捕らえられた獲物のように悲壮な顔をして、ゲルヴィヒが喘《あえ》ぐ。

「くっ！　たまたま、たまたまだ！　相性が、相性がたまたま悪かっただけだ！　他の師団長には、こんな一方的に勝てると思うなよ！」

「にゃにゃ！　この期に及んでよくそんなこと言えるね！」

「モンスター相手にこの実力差だったら、間違いなく死んでますよ？　あなた」

呟《つぶや》くエルマとアエリアと共にゲルヴィヒの下《もと》へ向かいながら、俺は一人納得していた。

……なるほど。これだけ一方的な戦いになったのは、相性の問題なのか。

だとすると、これからの戦いは今以上に気を引き締めないといけないだろう。

ゲルヴィヒが第四師団長ということは、少なくとも後三人師団長が控えているはず。

更に、そいつらを束ねる魔操王ヴァイルマンも待ち受けているのだ。

きっと、楽な戦いにはならないだろう。

「さて、それではあなたの知っていることを、洗いざらい話してもらいましょうか」

「仲間を売れと？　無駄だ。たとえ拷問にかけられようとも、我は貴様らに屈したり
――」

「お前を除く師団長の数は、四人か？」

アエリアとゲルヴィヒの会話に割り込み、俺は口を挟んだ。

俺の言葉に、泥の牢獄《ろうごく》に捕らえられた男が視線を向ける。

俺はその眼《め》を、しっかりと『視て』いた。

「……そうだ。我を除き、師団長は――」

「嘘《うそ》だな」

視線が、俺から視て左上を、ゲルヴィヒからだと右上を向いていた。

人間は想像力を働かせる時、右側の脳が活性化すると昔本で読んだことがある。

左利きだと逆に左側の脳が活性化するらしいが、こいつは右利きだ。

……槍を手にしていた腕が、右手だったからな。

つまり、あいつは今嘘をついたということになる。

瞳孔を僅かに広げるゲルヴィヒに向かい、俺はゆっくりとした口調で問いかける。

「五人？　六人か？　それとも七人？　八人か？」

「な、何を言ってるんだ、お前は。四人だと言っているだろうがっ！」

「そうか。六人だな」

ゲルヴィヒの呼吸と瞬《まばた》き、それに表情筋の動きが一番乱れた数字を言う。

すると、奴の視線は左を向いた。

決まりだ。残りの師団長の数は、六人。

「では、次は魔操王とやらの情報を教えてもらおう」

「ち、違う！　四人！　四人だ！」

「……無駄ですよ。ラディが本気で視たら、彼に視られないものはありませんから」

「にゃにゃ！　ラディ、嘘まで見抜いちゃうの？」

「嘘というか、俺は視えているものをただ視ているだけだぞ」

エルマにそう言ってから、ゲルヴィヒの方へ視線を戻す。

無能でハズレスキル持ちの俺でも、ただ『視る』ことぐらいはできる。

彼は俺を恐れるように、俺の視線から逃れるように、全身を捩《よじ》って逃げようとした。

だが、無駄だ。俺が視ている以上、逃れることはできない。

俺に視えないものなんて、この世に存在しないのだ。

……何せ、女神のお墨付きだからな。

「それじゃあ、もっと『視せて』もらおうか」

そして俺は、俺の左目に力を込める。

熱を持った俺の瞳が、飲み込むようにゲルヴィヒの全てを映し出そうとする。

「魔操王とやらだが、この国に魔術で奴に勝てるものがいないというのは本当か？　魔法すら操れるという噂《うわさ》もあるみたいだが。なるほど。少なくともお前はそれを事実だと思っているわけか。ああ、目を閉じたか。中々賢い選択だ。だが、視線以外でもお前の表情、息遣いからも沢山の情報が『視えるぞ』。ああ、すまない。そんなに怯《おび》えないでくれ。お前の感情がどれだけ昂《たか》ぶっても、俺が視えるものは変わらないんだから。それじゃあ質問を再開しよう。魔操王の使う魔法の種類は？　火？　風？　土？　水？　補助魔法はどうだ？　身体強化や重力魔法は？　毒もいけそうなのか？　精神操作系の研究もしているらしいが、人間には効くのか？　ふむ。それはどれぐらい強力なんだ？　人間以外にも効果があるのか？　神様は無理かもしれないが、大型のモンスター相手ぐらいならどうだ？　なるほど。お前らは使う魔術の種類に多少差があるみたいだが、魔操王が得意な魔法はあるのか？　ああ、どれもお前にとっては恐ろしいものなんだな。奥の手みたいなものは？　ああ、わからないならそれでいい。視えるものしか俺も視えないからな。では、質問を続けるぞ。その魔操王は、何か武器を使うのか？　お前ら魔統神騎士団は剣や槍で武装して魔術を使っていたが、魔操王も何かそういう魔導具を持っているのか？　それはなんだ？　剣？　弓？　槍？　斧《おの》？　それとも槌《つち》？　剣か。その剣は魔操王が自分で作ったのか？

そういえば、お前たちの武器は魔操王が作っているみたいだな。団員には一律同じ型の剣が配られていたが、師団長になるとお前のように特別な武器が魔操王から渡されるわけだな？　他の六人の得物は？　剣が多いのか？　両手剣？　片手剣？　大剣？　蛇腹剣？　短剣？　細剣？　手甲剣なんかはどうだ？　お前が槍なんだから、他の武器もあるんだろ？　斧？　鞭《むち》？　杖《つえ》？　弓？　槌？　棍《こん》？　銃はどうだ？　乾坤圏《けんこんけん》や鉄扇、鉄球とかは？　流石《さすが》にそこまではないか。ちなみに師団長になるには無詠唱魔術が使えるのは必須なのか？　複数の魔術が使えることも条件になりそうだな？　残りの師団長の中で使える魔術の種類が一番多い相手だと、その数は三つか？　四つ？　五つ？　六つ？　まぁ、五つぐらいが限界、というところか。ありがとう、だいたいわかったよ」

俺が聞きたいことを全て聞き終えた後、ゲルヴィヒは憔悴《しょうすい》しきって項垂《うなだ》れている。

指を鳴らして奴の泥の拘束を解いてやるが、彼は膝からくずおれて動かない。

そんなゲルヴィヒを、アエリアが気の毒そうに見ていた。

「ご愁傷様です」

「……どっちの味方なんだよ、アエリア」

「いえ、私もラディに視《み》られ続けた経験があるので、気持ちが少しわかるんですよ」

確かに封印されている間、俺は龍だったアエリアを視続けていた。

あの時は魂で負けるわけにはいかないと半ば意地だったのを思い出す。

だが、あの時とこれは状況が全く異なっていた。

抗議の声を上げようとした所で、エルマが焦ったような表情で俺に迫る。

「み、視続けたって、昨晩のことといい、ラディはアエリアさんとどんなことを普段からしているのみゃ！」

「……いや、そんなんじゃなくてだな」

「そんな！　ラディったら、あんなにじっくりねっとり視てきたじゃないですか！」

「にゃにゃ！　ラディ、いつの間にそんなに変態になったの？　ショックだよボクっ！」

「……おい、何笑ってるんだアエリア。お前のせいだぞ」

「私は事実しか言ってませんけど？　昨晩も、激しくぶつかり合いましたし？」

「やっぱり変態！　ラディが変態に育ってしまったみゃ！」

……あー、めんどくせぇ。

蚊を追い払うように手を振って、俺はエルマを遠ざける。

そして睨《にら》むようにアエリアへ視線を向けた。

「ほら、馬鹿なこと言ってないで、寝てる奴《やつ》らを起こすのを手伝ってくれ」

「え？　起こしちゃうの？　せっかく倒したのに？」

そう言ったエルマに、俺は小さく頷《うなず》く。

「そうしないと、俺たちを魔操王の城に送ってくれる人がいないだろ」

「にゃにゃ！　ラディ、魔統神騎士団をパシリに使う気みゃ！」

「また、襲ってきたりしないでしょうか？」

「師団長が戦意喪失しているし、大丈夫だろ。団員たちへの説明、頼めるな？」

俺がゲルヴィヒにそう言うと、彼は虚《うつ》ろな目で頷いた。

俺はアエリアと一緒に眠っていた団員たちを起こし、ゲルヴィヒが彼らに事情を説明。

団員たちは困惑していたが、自分たちが寝落ちしていたという事実に現状を呑《の》み込む。

そして俺たちは、ゲルヴィヒが操る馬車で魔操王の城に向かうこととなった。

先に馬車へ向かうエルマをよそに、アエリアが俺に耳打ちしてくる。

「ねぇ、ラディ。大丈夫ですかね？　エルマさん、このまま連れていってしまって」

「……俺たちと一緒にいたほうが安全だと、アエリアも言っていただろ」

「ですが、相手の本拠地に乗り込むとなるとまた状況が変わりますよ」

そう言ってアエリアが、思案顔になる。

「相手の実力も正確にわかりませんし、守りながら戦うのは限界があるかもしれません」

そう言われて、俺はエルマの方へ視線を向ける。

彼女は豪奢《ごうしゃ》な馬車に瞳を輝かせ、扉や装飾品をベタベタ触っていた。

それを見つつ、俺は僅かに嘆息する。

「……まぁ、大丈夫だろ。あいつなら」

「わかりました。私だけじゃありませんしラディも一緒ですから、きっと大丈夫ですね」

アエリアの言葉に頷き、俺たちも馬車に乗り込んでいく。

俺とアエリアが並び、女神の前の席にエルマが座る配置だ。

町々から税を取り立てて作っただけのことはあり、中は非常に快適だった。

窓から遠目にモンスターの姿が見えるも、団員たちが追い払ってくれる。

窓枠から興味深そうに外を眺めているエルマに向かって、俺はおもむろに口を開いた。

「そんなに、珍しかったのか？　エルマ」

「え？　何が？」

「いや、馬車の扉や装飾品を触りまくってたからな」

「そういえば、そうでしたね。ちょっと猫ちゃんみたいで、可愛《かわい》かったです」

アエリアの言葉を聞いて、エルマは照れたような恐縮したような反応をする。

「こ、こういうの見ると、その、反射的に触りたくなっちゃうんだよね。ボク」

「でも、気持ちはわかります。今は魔操王に高額の税をかけられていて、こういう馬車は中々この国で見かける機会はありませんから。珍しいですよね」

「そ、そうなんですよ！　珍しかったんで、色々触っちゃって」

二人の会話を聞きながら、俺はアエリアに向かって口を開く。

「そういえば、アベリストウィスに着く前に猫の柄について話したことを覚えているか？」

「確か猫ちゃんの柄は、九種類の遺伝子座で決まる、というものでしたっけ？　後は、遺伝子にも優性と劣性があるとか。そうした遺伝子の組み合わせで、柄が決まるんですよね」

そう言った後、アエリアは改めて小首を傾《かし》げる。

「だとすると、猫ちゃんの柄って、数はどれぐらいになるのでしょうか？」

エルマもこちらの話を聞いているのか、僅かに耳が動いた。

それを気にせず、俺は口を開く。

「猫の毛柄、模様は二十四種類ぐらいになるらしい。まぁ色の出方に個体差があるから、もっと多そうな気がするが、猫の柄を決めるベースは九種類の遺伝子の組み合わせだ」

白色ならWで、オレンジ・茶色ならO。黒ならBで、縞《しま》ならT。

毛に縞が入るのがAで、顔や体の先の方に色が出るのがC。

シルバーがIで色を薄くするものがD、体の一部を白くするのがS。

そう言った俺に、アエリアが問いかける。

「でも、ラディはどうして今そんな話を？」

「いや、少し思い出したことがあってな。アエリアと出会った洞窟のこと、覚えているか？」

そう言って俺は、女神の方へ視線を向ける。

察しのいいアエリアは、洞窟があのダンジョンだということに気づいたのだろう。

俺たちが封印された、あのダンジョンだ。

彼女は俺に向かって、苦笑いを浮かべる。

「ええ、それはもう。それこそ、昨日のことのように」

「なら、一緒にいた猫のことも？」

「もちろん。背中の模様が一枚の大きな紅葉《もみじ》みたいな、え？　紅葉？　赤色？」

そう言った後、アエリアが困惑げな表情を浮かべた。

そんな女神を、エルマも驚いたように目を見開いて見つめている。

……どうやら、二人共気づいたみたいだな。

「ラディ。猫の柄を決める遺伝子の種類は、確かに九つなんですよね？」

「そうだ。そしてその中に赤色のものはない。まぁ、オレンジがそう言えなくもないが」

「そういう紅葉もありますが、あの猫の柄は確かに赤色でした。もしかして両親が0の遺伝子を持っていると、色が濃くなったりするようなことはあるのでしょうか？」

「いいや。そういう重ね合わせで色は濃くならない」

「……だったら、あの時ラディと一緒にいた猫は、一体なんだったのですか？」

「当時の俺は、今ほど視えていなかったからな。あれがなんなのか、確証は持てなかったよ」

そう言った後、俺は何故《なぜ》だかアエリアを怯えるように見つめるエルマに問いかけた。

「エルマは、どう思う？」

「……にゃにゃ！　い、今、ボクに聞いたの？」

「そうだ。エルマは、見たことないか？　自分の目で、紅葉柄の猫を」

「……そうだね。うん。見たことないよ、ボクは」

「大丈夫ですか？　エルマさん。冷や汗が酷《ひど》いですが」

「にゃにゃ！　だ、大丈夫！　大丈夫だから！」

手を伸ばしたアエリアから逃れるように、エルマは俺の前の席に移動してくる。

行き場を失った手を戻し、アエリアが俺の隣でシュンとして顔を俯《うつむ》けた。

「私、何かエルマさんの気に障るようなことをしてしまったのでしょうか？」

「……そうだな。まぁその辺りの誤解は、眼《め》の前の問題を解決してから解こう」

そう言った俺の視線の先には、巨大な城壁に囲まれた城が建っていた。

山のような城を囲む城壁は二重になっており、見張り塔には鎧《よろい》を着込んだ人の姿も見える。

魔統神騎士団の、団員たちだ。

「あそこに、魔操王がいるのか」

「はい、そうです……」

ゲルヴィヒの言葉に頷くと、俺は馬車の窓を蹴破った。

そしてアエリアとエルマを抱えて、跳躍する。脇に抱えた二人の悲鳴が聞こえてきた。

「ど、どうしたんですか、ラディ！」

「せめて一声かけて欲しかったみゃ！」

「敵襲だ」

そう言った直後、俺たちが今まで乗っていた馬車は巨大な氷塊に貫かれて粉々になる。

氷は錨《いかり》のような形をしており、それが地面へ深々と突き刺さった。

粉塵《ふんじん》、土塵《どじん》、砂塵《さじん》が舞い上がり、視界が悪くなる。

そんな中、俺は馬車から投げ出されたゲルヴィヒへ視線を向けた。

アエリアとエルマを地面に下ろしながら、俺は口を開く。

「あれは、師団長の魔術なのか？」

「師団長アコラートとクブレラの、合成魔術だ。でも、何故だ？　何故我ごと攻撃する！」

「そりゃ師団長自ら馬車を操ってたら、負けたって自分から言ってるようなものですし」

「そうですね。師団長が負けた相手ですから、向こうはなりふりかまってられないでしょう」

つまり、向こうは既に厳戒態勢が敷かれていたというわけだ。

エルマとアエリアの言葉に愕然《がくぜん》となるゲルヴィヒを横目に、俺は自分の思考に沈む。

……合成魔術というのは、二人で別々に発動した魔術を合成する魔術か。

氷の錨は、魔術で氷を生み出しつつ、速度は風で補強しているのだろう。

他にも空気抵抗を減らしたり、着弾まで重力を減らして加速させている。

もちろん、一緒に魔術を発動する相手をサポートする魔術も使っていた。

流石《さすが》は師団長、と言うべきなのだろうか？

二人で一つの魔術を作るという発想に、俺は内心舌を巻く。

……アエリアと俺の連係は、互いに魔法を発動するだけだったからな。

そう思っている間に、こちらに向かって第二射が放たれた。

見張り塔に、弓を持った軽装の男と杖《つえ》を構えるローブ姿の女が視《み》える。

恐らくあれが、ゲルヴィヒが口にしたアコラートとクブレラなのだろう。

次弾が射られたのは視認できたのか、エルマが焦ったように俺にすがりつく。

「ちょ、ラディ！　来たよ次が！　早くなんとかしないとっ！」

「大丈夫ですよ、エルマさん。ラディが視てるんですから」

そう言ってアエリアは、俺からエルマを引き剝がす。

エルマの瞳が恐怖で揺れているのは果たして迫る脅威に対してか、または女神に対してか。

何《いず》れにせよ、彼女が恐れる必要はない。

……そういえば、これはまだエルマには見せてなかったな。

そう思うと俺は、こちらに射られた氷塊に向かって腕を伸ばす。

風を食い破るようにして、錨が俺の方まで疾駆してきた。

それが眼前に接近するのを見つめながら、俺は指を鳴らす。

瞬間、氷塊は塵《ちり》の如《ごと》く霧散した。

宙に氷の粒子が舞い散り、太陽の光を乱反射。

更に氷が溶けて、辺りに虹が生み出される。

もはや水滴となったそれらの小雨を気にせず、俺は両の瞳を決してそらすことはない。

「それは、もう視終えたよ」

合成魔術を完全に無効化した後、俺は逆の手を上空に向かって振り上げた。

「余計なお世話なんだろうが、その術はこうした方がもっと効率的だと思うぞ」

そう言って俺は、魔法で先程こちらに向けられた氷塊を頭上に作り上げた。

視線の先で、アコラートとクブレラが驚愕《きょうがく》に顔を歪《ゆが》めてこちらに身を乗り出している。

理由は自分たちが作り上げた氷よりも純度が高いものを俺が生み出したから、ではない。

そもそも、彼らはそこまで気づいていないだろう。

それよりも彼らは、俺が作り出した数に目を向けていた。

俺が生み出した錨の数は、二千発程。それを、全ての見張り塔に向けて突っ込ませた。

一発だけでも、奴《やつ》らが生み出したものより一回り以上その氷は大きい。

当然速度も速く、回転も加えて貫通性も上げている。

師団長二人が作ったものよりスケールも何もかもが段違いで、威力は規格外。

それが、合計二千発。俺たちの頭上に展開していた。

……さて、アコラートとクブレラは、これをどう防ぐ？

そう思いながら、俺はそれらを見張り塔にぶち込んだ。

だが俺の想定に反して、それらは全てなんの抵抗もなく見張り塔に着弾。

破壊音に、打撃音に、破砕音に、炸裂音《さくれつおん》に、爆裂音に、破裂音が聞こえてくる。

瓦解して決壊して崩壊した見張り塔が、白煙に硝煙に噴煙を上げて崩れ落ちていく。

それを見て、アエリアが慌てたように俺に詰め寄った。

「ちょっとラディ！　手加減するって話はどこに行っちゃったんですかっ！」

「いや、さっきは嬲《なぶ》るなって怒られたから」

「限度があります！」

「大丈夫だ。殺しちゃいないから」

視れば、見張り塔にいた団員たちと師団長の二人は全て気を失っていた。

彼らが崩れた瓦礫《がれき》に生き埋めにならないよう、刺した氷の位置も強さも調節している。

……それにしても、何かしら抵抗があると思ったんだが。

本当にアコラートとクブレラは、ピクリとも動かない。

やはり、魔統神騎士団の仕事は苛烈を極めているのだろう。

疲労が蓄積し、師団長であっても思うようなパフォーマンスが出せないのだ。

だから彼らは、俺の攻撃に対処する余裕を持たなかった。

呆然自失《ぼうぜんじしつ》となっているゲルヴィヒに向かって、俺は口を開く。

「団員をまとめて、見張り塔に埋まっている奴らを救助してやれ」

「……殺してないんじゃ、ないのか？」

「殺しちゃいない。だが、氷が溶けて瓦礫がくずれた後、生き埋めにならないようにするのまで俺に頼るな」

そう言って俺は、アエリアとエルマと共に城に向かって歩き出す。

俺たちの脇をゲルヴィヒの指示で動き出した団員たちが馬に乗り、駆けていった。

それを横目に、エルマが感心したように口を開く。

「でも、確かに死人はいなそうだね。崩れた外壁に血が見えないもの」

「本当に、そういう所は律儀なんですから。あ、城門が開きますね」

補助魔法で視力を上げていたアエリアが、俺に向かってそう言った。

見れば確かに城門が開き、そこから一団がこちらに向かってやってくる所だった。

ゲルヴィヒが連れてきたような騎兵かと思ったが、違う。

彼らが乗っているのは馬ではなく、モンスターだ。

グリフォンにペガサス、ガルーダにキマイラと、大型のモンスターの姿が見える。

それを駆る団員たちは一様に、狩猟民族のような装いだ。

その一団の先頭に立つケルベロスに乗る男が、鞭《むち》を振るう。

鞭のボディ部分が地面を爆《は》ぜさせ、小石が飛び散った。

その音に急《せ》かされるように、モンスターが更に激走してこちらに向かってくる。

男が振るう鞭の輝きを視ながら、俺は小さく呟《つぶや》いた。

「精神操作系の魔法、いや、魔術か」

「術の精度は、お世辞にも高い方ではありません。ですが、操れています」

「初代国王と守護神の契約があるにもかかわらず、モンスターを操っているわけか」

「私の見立てが間違っていなければ、今それをしているのは師団長ではありませんか？」

「俺にもそう『視える』から、その見立てで正しいよ」

「なら、師団長たちを束ねる魔操王はより強い精神操作を行えるはず」

自分をモンスター化させた犯人の気配を感じ取ったのか、アエリアが表情を険しくする。

「……どうやら、色々と裏が取れてきたようですね」

「あの、一体なんの話をしているのでしょう？」

会話に置いてけぼりになったエルマが、恐る恐るアエリアに問いかける。

そんな彼女に向かって、女神は表情を戻して口を開いた。

「つまり、こういうことです。この国で起きていた、町周辺に強いモンスターが現れるようになったという問題。それは全て、魔統神騎士団の、ひいてはそれを統括する魔操王のせいというわけです」

その言葉に、俺も補足した。

「ああやってモンスターを使役できるのであれば、町から遠ざけることも可能だからな」

「そんな！　どうして魔操王はそんなことを？」

「流石にそれは、本人に聞かないとわからないな」

エルマにそう言いながら、俺は指を鳴らす。

瞬間、こちらに向かってくるモンスターの群れの下に、巨大な穴が空いた。

モンスターと団員たちの悲鳴が、俺が発動した土魔法による地面の中へと消えていく。

その残響が消え去る前に、アエリアがその穴の中へ水魔法を発動。

突如として巨大な湖に沈められ、一瞬にして眼前の一団が無力化されていた。

彼らも注意力が散漫になっていると想定しての魔法だが、上手《うま》くいってくれたらしい。

更にアエリアが魔法で水生植物を生長させ、溺れないように摑《つか》まれる場所を作っている。

それを見ながら、俺は口を開いた。

「モンスターにかけられていた精神操作の魔術を解いて、相手を混乱させてもよかったんだがな。でもそれだと奴らが操っていたモンスターが正気を取り戻し、無差別に暴れ回って俺たちにまで被害が出る可能性もあったからな。だから、こういうやり方をさせてもらったよ。ところで――」

そう言った直後、俺は身体強化の魔法を使い、一瞬でエルマへと距離を詰める。

そして、彼女の後頭部辺りに腕を伸ばし、透明なそれを摑んだ。

それと同時に、俺は相手が使用していた隠蔽用の魔術を解除する。

すると何も存在していなかったはずのエルマの後頭部付近に、あるものが出現した。

それは、刃だった。

手甲剣を振り下ろし、それを俺に摑まれて苦渋の表情を浮かべる男が、そこにはいた。

「お前たちは、こういう姑息《こそく》な手段しか使えないのか？」

「サレノールのモンスター軍団だけでなく、このバスタメイの奇襲すら退けるとは！」

バスタメイと名乗った男はそう言うと、俺から跳躍して距離を取る。

一拍遅れてエルマは自分が狙われていたことを知り、その場で尻餅をついた。

それを見届けることなく、俺は指を鳴らして、更に隠蔽魔術を解く。

すると俺たちを取り囲むように佇《たたず》む、忍び装束のような格好をしている一団が現れた。

バスタメイと同様の服を着込む彼らを見回した後、俺は口を開く。

「サレノールというのがモンスターを先頭で操っていた男で、師団長なのか？」

「いかにも。そして拙者は第五師団長バスタメイ――」

奴が何かを言い終える前に、俺はバスタメイのみぞおち辺りに蹴りを叩《たた》き込んでいた。

彼はとっさに両手で防ごうとしたが、その腕ごと踏み抜くように俺は奴を吹き飛ばす。

バスタメイは連れてきた団員を巻き込み、地面を転がっていった。

ボロ雑巾のようになった彼を一瞥《いちべつ》し、俺は口を開く。

「仲間を囮《おとり》に使い、俺たちを包囲。確実性を考えてエルマを狙ったのも理解できるが、安易だったな。突然エルマを傷つけたように見せて、こちらの隙を作りたかったんだろ？」

「……何故《なぜ》、見破られ、た？」

「目のよさだけが取り柄でね」

団員に抱えるように起こされるバスタメイに向かい、俺は溜息《ためいき》とともにそう言った。

そして、更に言葉を続ける。

「団員を水に沈んだ奴らの救出に向かわせてやれ。カナヅチがいるかもしれないからな」

「……まだだ。まだだ！　まだ拙者は負けてはおらんっ！」

そう言うとバスタメイは懐から、液体が入っている小瓶を取り出した。

そして蓋を取る手間すら惜しみ、手甲剣で口を切断。

バスタメイは一気に、瓶の中の液体を呷《あお》る。

それを見た周りの団員たちが、色めき立った。

「ば、バスタメイ様！　それはっ！」

「ヴァイルマン様が精製されている、魔筋増強剤！」

「ですがそれは人間用のものはまだ完成していなかったのではないですか？」

「それどころか、今まさにモンスター用のものの開発を進めている最中ですぞ！」

「まさか、モンスター用のものをお飲みになったのですか？」

「いけません！　とても人間が耐えきれるようなものではありません！」

「死んでしまいます、バスタメイ様っ！」

「ええい！　師団長が五人も倒されたとなれば、ヴァイルマン様に顔向けできんっ！」

そう言ったバスタメイの筋肉は、どんどんと膨らんでいく。

筋肉が膨張しすぎて忍び装束が弾《はじ》けるように破れて、布が辺りに飛び散った。

その下からは、無数の血管を浮かび上がらせた筋肉が現れる。

その筋肉の周りには、小さな稲光が走っている。

自らの魔術を、バスタメイは制御できなくなっているのだ。

一回りも二回りも体を巨大化させたバスタメイは、怨嗟《えんさ》のような叫びを上げる。

「学もなく暗黒街にて暴力沙汰で生きるしかなかった拙者たちが生き残れる道は、もはやヴァイルマン様の期待に応えることのみ！　そして応えられなければ、あのお方から粛清される定めよ！　進めば強敵、戻れば狂王。ならば、死地に活路を見出《みいだ》すしかないのだ！

さぁ、受けてみろ！　これが命がけで放つ、拙者が使える最後にして最大級の魔術！　無

「いや、わざわざ受けてやるわけがないだろ」

長口上の間に、俺たちの距離はもうゼロとなっている。

……本当に、疲れてるんだな。少し考えればわかりそうなものなのに。

両手の手甲剣を十字に構えたバスタメイの、その構えた真ん中に、俺は拳をぶち込んだ。

強化された俺の拳が剣を砕き、その粒子が飛び散る前に奴へ拳が届く。

ちょうど、バスタメイの胃の辺りに俺の拳がめり込んだ。

奴の口から空気だけでなく、逆流した吐瀉物《としゃぶつ》も溢《あふ》れ出す。

その中には、バスタメイが口にした魔筋増強剤とやらの液体も含まれていた。

自分のゲロに塗《まみ》れながら地面に転がるバスタメイを横目に、俺は言葉を紡ぐ。

「『視《み》た』所、そいつはたとえモンスターであっても寿命を削って火事場の馬鹿力を出した、ように感じるだけの代物だ。とてもじゃないが、人間が口にしていいものじゃない」

「で、では、拙者はどうすればよかったのだ……」

えずきながら、バスタメイが俺の方を見上げる。

「まともに生きていこうとしても、仕事も上手く行かず、魔術という暴力に頼って暴れることしか、拙者たちにはできなかった。そんな拙者たちが生きていけるのは、ヴァイルマン様の下《もと》だけなのだ！　一度配下に下ったが最後、力という名の地獄から抜け出せないとわかっていても、ここだけしかないのだ！　サラドとニヘムを除き、他の師団長もほとんど拙者と似たような事情で魔統神騎士団に身を寄せている。ここが、ここしか拙者たちにはないのだ。拙者たちの居場所は、この世にここしか存在しないのだ！　ならば、この命をかけてでも拙者たちの居場所を守り、ヴァイルマン様に尽くさなくては——」

「俺が知るかよ、お前らの事情なんて」

嘆息して、俺はバスタメイを見下ろす。

「お前らに諸々《もろもろ》の事情があるように、俺たちにも物申さなくてはならない事情があるんだ。そしてお前が自分たちの事情を実現しようとして力に頼った方法を選んだのなら、力で負けたらうだうだ言わずにちゃんと引けよ。お前らだって、この国の人たちにそうやって税を強いてきたんだろうが」

二の句が継げなくなっているバスタメイに舌打ちをして、俺は踵《きびす》を返す。

「もう一度言うが、水に沈んだ奴《やつ》らを助けてやれ。何も、死ぬことはない」

「……だが、死んでも成し遂げたいと思えることは、この世にあるはずだ！」

バスタメイが両脇を団員に抱えられながら、立ち上がる。

「それが、拙者たちにとっての居場所なのだ！　ヴァイルマン様だけが——」

「……待て。お前、俺が魔操王を殺しに来たとでも思ってるのか？」

そう言うと、バスタメイは虚を衝《つ》かれたような表情を浮かべる。

「だ、だが貴様は魔統神騎士団に歯向かって——」

「だから、なんでそれが魔操王を殺すことにつながるんだ？」

確かに、女神が捜している犯人の情報如何《いかん》ではまた対応が変わる可能性もある。

だが現状、自分の手で殺すところまでは考えてはいなかった。

「俺たちは昨日今日来た旅人だぞ？　それほど恨みはない」

「国の統治と守護神について意見があるだけですよ。後、聞きたいことが少々ありますが」

アエリアが俺の言葉を補足してくれる。それに頷《うなず》きながら、俺は口を開いた。

「やめたらどうだ？　そうやって極端な考え方をするの。頑張って増えても最終的に均一化されちまう食物連鎖じゃあるまいし」

「食物、何？」

「……いや、悪い。知らないのなら、忘れてくれ」

キョトンとしたようなバスタメイに向かい、俺は苦笑いを浮かべる。

「物事を白と黒、食うか食われるかみたいな二元論だけで考えるなって言いたかったのさ。まぁ、魔操王の配下だったからある程度仕方がない部分はあるのかもしれないが」

そう言って俺は、頭をかく。

「負けたらもう終わりだ、っていう気概は買うが、それで一度失敗したら、全部なくなってしまうのか？　今までお前らがやってきたことが、守ろうとしてきたことが。それとも、すぐに諦められるのか？　お前らの居場所とやらを」

「ゼロとイチしかないのって、かなりきついですよ。死ななきゃ終わりませんし、死んでも終わりがない状況になったらどうするんですか？」

「……あるわけがない。死んでも終わりがない状況なんて」

「まぁ、普通はそう思いますよね」

バスタメイの言葉に、アエリアは苦笑いを浮かべる。

「でも、あなたたちは今生きてますよね？　なら、できることをすべきだと思いますけど。百点が取れなくたって、八十点や六十点でも、それはそれで意味がありますから」

「そうだな。せっかく足掻《あが》く意味がある時代に生まれたんだ。生きてるなら足掻けよ」

「……さっきから、何を言っているんだ？」

バスタメイは、理解不能という表情を浮かべる。

「意味がある時代？　それこそ、どういう意味だ？」

その問いには答えず、俺はアエリアと共に城の方へ進んでいく。

エルマがこちらを追ってくる中、アエリアが俺を見上げるように近づいてきた。

「珍しいですね。ラディが本気で怒ってるなんて」

「……怒っていたか？　俺は」

「ええ。でも、その気持ちはわかるつもりです。ずっと、一緒に封印されてましたから」

「そうか」

「ちょ、ちょっと待ってよ！」

エルマが小走りで、こちらに追いつく。

そして俺たちは、いよいよ魔操王の城の中へと足を踏み入れたのだった。

◇◇◇

見張り塔を破壊したからか、魔操王の城に入るのは容易だった。

瓦礫《がれき》を踏破しながら相手を眠らせる毒魔法を展開し、城の中を進んでいく。

だが暫《しばら》くしてから、途端に俺たちの歩みが遅くなった。その理由は――

「きりがないな」

溜息混じりにそう言いながら、俺はまた手刀で魔統神騎士団の団員の意識を刈り取る。

彼らの腕や足には、傷跡がありそこから血が滲《にじ》んでいた。

俺の魔法が城を満たす前に、眠らないよう自ら傷つけたのだろう。

バスタメイが口にしていたが、彼らは全員魔操王の役に立たなければ粛清される。

団員たちの中の魔操王への恐怖心が勝り、死兵となって俺たちに襲いかかってくるのだ。

まるで俺たちに、ひと思いに殺してくれとでも言わんばかりに。

そちらの方が安らかに逝《い》かせてくれると、信じ切っているように。

無論、そんな終わりを俺たちが与えてやるわけがなかった。

……だが、こうも次から次にやってくるのは厄介だ。

見張り塔を破壊した時にヒビが入った城を見上げながら、俺は口を開く。

「もうアエリアの魔法で魔操王をぶっ飛ばさないか？　場所は『視えている』し」

「だから、ダメって言ってるじゃないですか！」

倒れる団員を魔法で治療していたアエリアが、鬼の形相でこちらに振り向く。

「そんなことしたら、魔操王から守護神のことも聞けなくなっちゃうじゃないですか！」

「それにめちゃくちゃやりすぎると、今後この国の統治に影響が出る可能性があるみゃ！」

そうですそうです、とアエリアがこちらに詰め寄ってくる。

「エルマさんの言う通りです！　さっきは殺す気はないだなんて言ってたのにっ！」

「いや、生きていればアエリアの回復魔法で治癒できるだろ。それで今後の国の運営に必要な奴は残せる」

「それがトラウマになって国王不在になったら、そっちの方がよっぽど困るよっ！」

エルマの言葉に、新しい国王を立てればいいとすぐに思ったのだが――

……魔操王の言うことを聞いていた連中だから、統治能力も知れてるか。

とすぐに思い直し、俺はまた予《あらかじ》め視えていた、物陰に隠れていた団員を倒す。

アエリアとエルマの反対があるため、あまり強力な魔法は使えない。

ならばと思い、俺は土魔法を発動。

城内から一斉に、悲鳴が上がった。

いかに魔統神騎士団であっても、この反応は仕方がないだろう。

俺は先程、隠れている団員の足元の地面から腕を生やし、彼らの足首を摑《つか》ませたのだ。

彼らからすれば突如地面から生えてきた腕に摑まれるという状況。

絵面《えづら》的には、ホラーでしかない。

そんな俺を、ジト目のアエリアとエルマが見つめていた。

「なんて悪趣味な……」

「ラディ、性格悪いよ」

「なら、お前らがやってくれよ」

そう言いながら、俺は毒魔法の効力を少し強くし、風魔法に乗せる。

それを城内に駆け巡らせると、動揺した団員たちはすぐに睡魔に襲われて崩れ落ちた。

人間、別のことに気を取られていると無防備になるものだ。

最初から強力な催眠を引き起こしてもよかったのだが、あくまで使っているのは毒魔法。

……あまりやりすぎると、一生眠ったままになるからな。

力の加減を誤ると、また後でアエリアから怒られる。

かといって、最近ではあまり力を入れなくても怒られてしまうのだが。

……ままならないな、何事も。

そう思いつつ、俺は上下を含めて辺りを見回す。

「視《み》た所、ほとんどの団員は動いてないな」

「ほとんど、ということは、まだラディの魔法に抗《あらが》っている方がいらっしゃるのですね？」

アエリアの言葉に、俺は頷く。

「ああ。四人ぐらい？　かな」

「……珍しいですね。ラディが視たものについて言い切らないなんて」

「あれを、人として数えていいものか少し悩んでいてな」

俺たちがいる一つ上の階。そこに、二人の人影が視える。

更にその奥には階段があり、玉座の間が広がっている。そこにも、影が二つあった。

玉座の間の一人は、魔操王で間違いないだろう。だが、もう一人は――

「人間、にも視えなくはないような気もするんだが」

「歯切れが悪いですね」

「でも、結局向かうならすぐにわかることだよ」

「エルマさんの言う通りです。先に進みましょう！」

「そうだな」

傷を負いながら眠る団員の治療をしながら、俺たちは上の階へと登っていく。

そこで俺たちを出迎えたのは、二人の騎士だった。

一人は、自分の身長ほどもある巨大な両手剣を携えた初老の大男。

もう一人は、腰に細剣を差す女騎士だ。

大男が俺たちに向かい、口を開く。

「よく来たな」

「……バスタメイが言っていた残りの師団長、サラドとニヘムか」

「いかにも。ワシが第一師団長のサラドだ」

厳かにそう言いながら剣を構えるサラドとは対照的に、ニヘムは全くの無言。

彼女はどこか胡乱《うろん》げな瞳を揺らしながら、俺たちを見つめている。

……なるほど。そういうことか。

これは、いい誤算かもしれない。

そう思う俺をよそに、サラドが言葉を紡いでいく。

「この国に対してワシの忠義心を示すため、貴様らには――」

「魔操王は他に行き場がない奴らを集めていたと聞いたが、お前らは違うんだったな」

俺はバスタメイの言葉を思い出しながら、サラドの言葉を遮る。

そんな俺に対して、大男の表情は険しくなった。

「……なんだと？　貴様、なんの話をしている」

「さっきのセリフを鑑みるに、あんたら先王の時からこの国に仕えてたんじゃないか？」

サラドの瞼《まぶた》が、僅かに動いた。だがニヘムは、瞬《まばた》き一つしない。

俺は彼らの、サラドの無言を肯定だと解釈した。そして俺は、更に言葉を重ねていく。

「だとすると、やっぱりおかしい。何故《なぜ》あんたらは魔操王に従っている？」

この国がおかしくなったのは、魔操王がこの国を治めるようになってからだと聞いた。

と、いうことは、まともだった時代があるということになる。

そしてその時代、当時の先王を知っている配下が魔操王を諌《いさ》めないのはおかしい。

諌めるような奴《やつ》らは全員粛清されたのかもしれないが、『視れば』わかる。

サラドは、そんなタマじゃない。

この国への忠義心を示すというのなら、サラドは訴えるはずだ。

魔操王に対して、今のこの国の状況改善を。

それも一度退けられたぐらいでは、簡単に折れない。

何度も何度も、実力行使を含めて、魔操王を止めようとしただろう。

だが知っての通り、改善するどころかこの国の統治は悪くなっていくばかり。

その理由は、サラドの言葉に耳を貸さなくてもいいほど魔操王が強いからだ。

だが自分に逆らったサラドを、魔操王は師団長として手元に置いている。

つまり、サラドは魔操王に使えると思われているということだ。

……俺たちすら部下に加えようとしたぐらいだからな。

だが魔操王としても、サラドのような獅子身中《しししんちゅう》の虫をそのままにしておくわけがない。

何かしら、首輪なり鈴なりをつけたんだろう。

そこで俺は、以前エルマから聞いた話を思い出す。

「そういえば魔操王は、精神操作系の魔術にご執心なんだったな」

そして俺は、先程から一言も喋《しゃべ》らないニヘムを一瞥《いちべつ》する。

全てとは言わないが、彼女の顔にはどこかサラドの面影があった。

そして俺は、確信する。


「娘を、人質に取られているのか」


そう言った直後、光速とも言える一撃が、俺に向かって放たれた。

動いたのは、ニヘム。

操り人形のように構えは不格好だが、尋常じゃない速度で細剣の攻撃を繰り出している。

彼女の背中から光の翼が生えており、その刺突は俺の喉仏を正確に狙っていた。

だが、その強襲が俺に届くことはない。

「させません っ！」

アエリアの水魔法が、ニヘムに激突。濁流に流され、女騎士は後退する。

その激流を、サラドの両手剣が断ち切った。

剣の刃が当たり、床が破砕して礫《つぶて》が散乱する。

彼が手にする刀身には膨大な熱量が宿り、光り輝く剣となっていた。

「……だったら、どうだというのだ」

サラドの瞳が、俺を射貫《いぬ》く。静かな怒りが、その目には宿っていた。

「貴様にはわからんだろ！　先王から託されたこの国を、先王が愛したこの国に住む民の嘆きをどうすることもできないワシの無力さ、そして無念を！　それどころか、娘のニヘムすらあのような有様にされ、されどワシの力はあの魔操王には全く届かんのだ！　ならば、心を殺して従う他あるまい。あのような状況であっても、ニヘムはワシの娘なのだからっ！」

「……だから、俺が知るかよ。お前らの事情なんて」

振り上げられた両手剣を俺は無造作に摑み、圧《へ》し折る。サラドが驚愕《きょうがく》に顔を強張《こわば》らせた。

バスタメイとの会話の時にも感じたのと同じ憤りを得て、俺は思わず眉をひそめる。

「つまりお前は、娘を選んでこの国の住人を見捨てた負い目があるんだろ？」

「そ、それはそうだろう！　先王から託されていながら、何もできない自分を不甲斐《ふがい》なく思わなかった日はない！　だがワシには、こうするしかなかったのだっ！」

くずおれるサラドに向かい、俺は言った。

「なら、いいじゃねぇか。それで」

「……は？」

「だから、いいじゃねぇかって言ってるんだよ。選んだんだろ？　先王の想《おも》いよりも自分の娘を。なら、それでいいじゃねぇか。娘を生かして、魔操王に気に入られて、功績上げて、そうしたらニヘムにかけられた精神操作系の魔術も解いてもらえるかもしれない。解いてもらえたら他の師団長たちに根回しして、魔統神騎士団を取りまとめて、ちょっとずつこの国の状況をよくしていけばいい。そういうやり方だってあったはずだ」

俺の言葉に、サラドは狼狽《ろうばい》する。

「た、確かにそれは、そういう可能性はあるかもしれない。だが、それを成し遂げるために、一体どれほどの労力が必要になるのか。いや、それ以前に途方もない時間がかかる！」

「かけりゃいいじゃねぇか。成し遂げたいと思っているのなら。どれだけ時間がかかっても、少しでもマシになるんなら、少しマシにできたことを誇れよ。それとも、魔操王を倒したら全て丸く収まって万々歳とでも思ってたのか？　あるわけないだろ。魔操王は小さい頃から評判が悪かったんだ。だから、少しずつ悪い方に向かっていった結果この最悪へと繋《つな》がっているのなら、それを元に戻すには、やっぱり少しずつよくしていくしかないんだ。一晩寝たら、次の日には最高の国に戻ってました、なんて、そんな魔法みたいなことにはならないんだよ。そもそも、もうないんだろ？　この時代に魔法って奴は、スキルって奴は、さ」


そうだ。俺がかつて生きていた時代とは、違うのだ。

俺が生きていた時代のように、生まれた時からハズレスキルを背負わされることもない。

生まれた瞬間から、無能と蔑まれる人生を歩まされることもない。

環境や親がどうこうという問題ではない。

俺は貴族の息子だったが、ずっと蔑みの目で見られてきた。

両親からは存在しないように扱われ、だがその状況を変えようがない。

どれだけ血の滲《にじ》む努力をしようとも。どれだけ知識を蓄えたとしても。

俺に備わったハズレスキルを、なかったことにするのは不可能だ。

龍になったアエリアとの激闘を経験した今でも、俺の精神には今も深々と刻まれている。

俺は、ハズレスキル持ちの無能だ。

これから先、どれだけの魔術を視たとしても。

これから先、どれだけの魔法を視たとしても。

幼少期から刻み込まれた劣等感は、恐らく一生、それこそ死ぬまで消せやしないだろう。

……だが、この時代の人間は、違う。

魔法もなく、スキルもない。だから生まれた瞬間、無能の烙印《らくいん》を押され、食物連鎖のピラミッドの最下層を強制されることもない。

もちろん、生まれた環境によってできることとできないことの差は多少はあるだろう。

……でも、足掻《あが》く意味は、あるだろう。

この時代では、どう足掻いても消せないハズレスキルなんてものは刻まれないのだから。

もちろん、足掻くのが苦しくなったら、立ち止まってもいい。

辛《つら》くなったらやめたっていいし、別のことをやったって構わない。でも――

「そんなに辛そうな顔してるなら、まだ心に燻《くすぶ》ってるものがあるのなら、少しでもマシにしようと足掻けよ！　どれだけ無様だったとしても、足掻いた結果は少しはマシになるんだからっ！」

そこまで言って、俺は自分の中に生まれた感情の正体に気づいた。

これは、嫉妬だ。

足掻く意味がある時代に生まれた、彼らに対しての嫉妬。

ほんの僅かであっても、足掻く時間があることへの嫉妬。

だから俺はどうしようもなく、苛立《いらだ》っていたのだ。

爆音がして、俺はそちらの方へ視線を向ける。

アエリアがニヘムを壁に追いやり、大樹のような枝で身動きを封じた所だった。

「こちらの方も終わりましたよ、ラディ」

「わかった」

「……なら、ワシは、ワシが今までやってきたことは、間違いだったのか？」

歩き出そうとした俺の背中に、サラドの疑問が投げかけられる。

「ワシが諦めなければ、足掻いていたらよかったのか？」

「だから、知るかよ」

舌打ちをして、俺はサラドの方へと振り返る。

「何が正解で間違いなのかなんて、誰も答えちゃくれないし、知らねぇんだよ。だから、自分で決めるしかないんだ。こっちの道が正解だ、って。間違いだから、ここで止まってもいいかな、って具合にさ。でも、立ち止まっても、終点だって諦めてても、それでもまだ足踏みしてんなら歩くしかねぇんだよ。少しでも正しいと思える方向に。後一歩歩いたら正解になるかもしれない。いや、正解に近づくかもしれない、ってね。そりゃ、歩いてたら何かに蹴躓《けつまず》いて転ぶこともあるし、馬車に轢《ひ》かれることだってあるかもしれない。でも同じように、歩いていれば不運じゃなくて、幸運ともぶつかるかもしれないだろ？　でもそれは、歩かなきゃぶつからないんだ。少しはマシになるだろう、ってな。何せ足踏みしてても、不運にも向こうからぶつかってくるのは馬車ぐらいなもんだからよ」

そう言い捨てて、俺はアエリアの方へと向かっていく。向かいながら、口を開いた。

「でも、そういう意味じゃ、あんたは娘のために必死に足掻いてきたんだよな」

「……何を、言っている？」

「何。そろそろ、ぶつかってもいいんじゃないか？って思ってな」

「だから、何にぶつかると言うのだっ！」

「ただの幸運だよ。アエリア、頼めるか？」

そう言うと、アエリアは待ってましたとばかりに頷《うなず》いた。

「もちろん！　そのために拘束したんですから。ラディも手伝ってくださいね」

「わかった」

そう言って俺はアエリアと同時に、ニヘムに向かって回復魔法を発動する。

俺と女神の魔法が掛け合わさり、ニヘムの体が眩《まばゆ》く輝いた。

それに慌てたのは、サラドだ。

「き、貴様ら、何を！」

「だ、大丈夫ですよ！　ラディたちは、ニヘムさんを助けようとしてくれているんです！」

「な、なんだと！　そ、そんなことが可能なのか？」

エルマの言葉に、サラドの歩みが止まる。エルマの言う通りだった。

俺は既に、精神操作系の魔術がかけられたニヘムの姿を視《み》ている。

なら、その解き方も既に視えていた。アエリアの回復魔法も合わせて発動している。

更に眩い光が、ニヘムの体を包み込む。

その光が収束した場所で、気を失ったニヘムが倒れていた。

サラドが娘の名前を呼び、駆け出していく。

次に目を覚ました時、ニヘムは正気に戻っているだろう。

俺の方に、何か言いたげなアエリアとエルマが近寄ってきた。

「やっぱり、ラディは優しいですね」

「でもボク思ったんだけど、ちょっとひねくれてるよね。ラディって」

「……なんだ、急に」

「だってここに来るまで私が怪我人《けがにん》の治療をするのを、ちゃんと待ってくれていましたし」

「ニヘムさんも他の人と同じく、最初から助けるつもりだったんでしょ？　ラディ」

「そうですね。戦闘になったのは、ニヘムさんが先に攻撃を仕掛けてきたからですし」

「あんな喧嘩《けんか》売るような言い方せずに、攻撃を受けた後話し合えばよかったんじゃない？」

「……エルマ。お前が言ったんだぞ？　国の統治が、どうとか」

そういう意味でいうと、この国を本気で憂い、動ける人間の存在は必須だ。

魔操王の配下に、統治能力が高い人材はいないと思っていた。

だからサラドとの出会いは、中々どうして嬉《うれ》しい誤算だと思ったのだ。

「人質という枷《かせ》もなくなったし、あれだけ焚《た》き付けたんだ。今後の活躍に期待しよう」

……とはいえ、あそこまで感情をぶつけなくてもよかったのかもしれないが。
玉座の間へ続く階段へ歩く俺の後ろを、ニヤニヤしたアエリアとエルマが続いてきた。

◇◇◇

玉座の間の天井は高く、シャンデリアが煌々《こうこう》と輝いていた。
その光に照らされて、床に敷かれた赤い絨毯《じゆうたん》の毛が映える。
光沢すら放つ絨毯は俺たちの足元から、部屋の奥へと続いていく。
その部屋の奥には天蓋《てんがい》が設けられており、その中に玉座が設《しつら》えられていた。
その玉座に、一人の男が座っている。
黄金に輝く髪を後ろに流す男の血のように赤い瞳が、こちらに向けられた。
「俺様の城で、随分勝手な振る舞いをしていたようだな」
魔操王ヴァイルマン・マゲフォージはそう言いながら、俺たちを睥睨《へいげい》する。
魔操王から向けられた視線を、俺たちはまっすぐ受け止めた、わけではなかった。
特にアエリアは身を乗り出すように、魔操王が手にしているものに釘付《くぎづ》けだった。
ヴァイルマンが右手に握っているのは、鎖だ。
その鎖は玉座の肘掛けを伝うようにして、地面へと伸びていく。

それは赤い絨毯を這《は》うように進み、そして終着点である首輪へと到達する。

首輪はその名の通り、首に付ける輪のことだ。だから当然、何かの首に付けられていた。

首輪をはめられていたのは、粗末な服を着せられた痩せた男。

長く伸ばした緑色の髪は萎《しお》れた花のように垂れ下がり、彼の体調を如実に示している。

男は顔を歪《ゆが》め、ヴァイルマンの足元に跪《ひざまず》いていた。

だが、あれは人間ではない。直接『視た』今なら断言できる。あれは――

「どうして守護神が、人間に隷属させられているのですか！」

アエリアが、動揺しながらも叫んだ。

自分と同じ神が、ヴァイルマンに屈服させられているのが信じられないのだろう。

女神の戸惑いの声を聞いた魔操王は、さも愉快そうに笑った。

「どうして？　決まっている。俺様が、この神を超えたからだ」

ヴァイルマンが立ち上がり、鎖を撚《よ》る。

首輪が絞められたのか、守護神が苦悶《くもん》の表情を浮かべた。

それを見て、エルマも表情を暗くする。

「ロクタール……」

「ふははは。久々に聞いたぞ、この守護神の名前をな」

そう言ったヴァイルマンの握る鎖に、異変が起こる。

鎖の表面に、黒い靄《もや》のようなものが溢《あふ》れ出したのだ。

その黒い靄に、俺は見覚えがあった。

「アエリア。あれは――」

「はい。そっくりです。私がかけられていた、呪いと」

女神を狂わせたものと同じ呪いの存在に、アエリアは僅かに唇を噛《か》む。

「やっぱり、あの人から話を聞かないといけませんね」

「俺様に何を聞きたいのか知らんが、諦めることだな」

ヴァイルマンはそう言うと、鎖を握る手に力を込める。

すると黒い靄は、暗闇に墨を溶かすように濃度を高めた。

そして靄は魔操王の腕に巻き付いていき、彼の体の中へと流れ込んでいく。

あの鎖を経由して、守護神の力を吸い上げているのだ。

「貴様らはやりすぎた。その罪、もはや貴様らの命で贖《あがな》う他ない」

そう告げる魔操王の前に、眩い光の環《わ》が現れる。

「だが、寛大な俺様は貴様らに慈悲をくれてやろう。死に方ぐらい選ばせてやる」

ヴァイルマンは眼前に現れた輪の中へ、左腕を伸ばした。

「魔操王と謳《うた》われる俺様の魔法で葬り去られるか、それとも」

そして魔操王がその環から腕を戻すと、彼は一振りの剣を手にしている。

「初代ボクルオナ王国国王から引き継がれしこの剣の錆《さび》になるか。好きな方を選ぶがいい」

ヴァイルマンが手にした剣を見て、俺は僅かに目を細めた。

俺はあの剣に、あの神具に見覚えがある。間違いない。見間違えようがなかった。

あれは、『繰り返すものレゼブディスタ』だ。

カーティスが扱っていた神具。それを今、ヴァイルマンが俺に向けている。

……そうか。そういうことだったのか。

全ての疑問に納得がいき、俺は魔操王に問いかける。

「今、魔法、と言ったな？」

「然《しか》り。既に滅んだ古《いにしえ》の力を、俺様は扱えるのよ！」

「なら、その力を使って魔統神騎士団の魔導具を用意したのか」

「その通りだ。多く作ったのは俺様の剣のレプリカだが、生成魔法を使えば造作もない」

「その剣の、制作者の力を使って、か？」

カーティスはあの神具を、自分の国の神様が作ってくれたと言っていた。

なら、『繰り返すものレゼブディスタ』を作ったのは――

「そうよ！　俺様に傅《かしず》くこの守護神を使い、それを上回る魔導具を作ったのよ！」

そしてヴァイルマンは、世界へ宣戦布告するように、声高らかに告げる。

「俺様はいずれ、いや、そう遠くない将来、俺様の魔法は神世魔法の域にすら到達するだろう！　このように、守護神の力をも自在に扱えるようになった今ならなっ！」

そう言ったヴァイルマンの頭上に、炎、氷塊、稲妻といった、無数の力が発動する。

魔操王の言う通り、その一つ一つは、確かに魔術ではなく、魔法と呼べるものだった。

「今のこの時代、このようにまともに魔法を扱えるのは俺様ぐらいなものだ。その俺様が神を超え、従えたのだから、もはや俺様が扱えない魔法は古の時代を通しても存在しまい！　神をも隷属させる俺様こそ、この時代の覇者に相応《ふさわ》しいのだっ！」

そう言ってヴァイルマンは、剣の切っ先を俺たちの方へと向ける。

「さぁ、どの死に方がいいか、決まったか？」

「悪いが、どちらもお断りだ」

「ならば、俺様の魔法で死ね」

ヴァイルマンの言葉が終わるのと同時に、奴《やつ》が生み出した魔法がこちらに放たれる。

無数の魔法の濁流を目前に、しかしアエリアもエルマも、全く動揺していなかった。

そしてそれは、俺も同じだ。

圧倒的な力の奔流を一瞥《いちべつ》し、それに向けて俺は右手を上げ、指を鳴らす。

そして、それで終わりだった。

煌々と燃え盛り、光り輝く灼熱《しやくねつ》の炎も。

この世の全てを洗い流してしまいそうな水柱も。

大空を焼き尽くさんばかりに稲光を発していた雷も。

触れたもの全てを溶かし尽くしてしまいそうな程の猛毒も。

ヴァイルマン・マゲフォージが神から簒奪《さんだつ》して生み出した魔法全てが。

一瞬にして、この世から消滅したのだった。

「……馬鹿な。一体、何が起こったというのだっ！」

先程の威勢から一転し、狼狽《ろうばい》する魔操王へ、アエリアとエルマが苦笑いを浮かべる。

彼女たちは俺が魔法を『視《め》て』打ち消したのだと、これまでの経緯で理解していた。

しかし、ヴァイルマンは眼の前で起きた事象を、理解しきれていない。

「結局、それがお前の限界なんだよ。ヴァイルマン」

魔統神騎士団の団員。そしてそれを束ねる師団長クラスとも戦ってきた。

だが、結果としてアエリアの魔法があればそこまで苦戦はしてこなかった。

そんな彼らを統括している魔操王も、そういうレベルなんだと想定していたのだが――

「想定以下だ。まさか神の、守護神の力を使っても、この程度だったとは」

「……なんだと？」

「いや、守護神の力を使っている、というのも誤りか」

こちらを睨《にら》むヴァイルマンに向かい、俺は無造作に歩いていく。

「神を屈服させた？　隷属させている？　お前がやっているのは、あくまで見た目上、神を鎖で繋《つな》いでいるだけにすぎん。守護神の力、その十分の一もお前は引き出せていない」

「世迷《よま》い言《ごと》をっ！」

ヴァイルマンが絶叫し、また彼の頭上に魔法を発動させる。

だがそれらは、今度は俺がひと睨みしただけで霧散した。

魔操王は愕然《がくぜん》とした表情を浮かべるが、そんな相手に俺は溜息《ためいき》を零《こぼ》すしかない。

「もっとも俺の見立てでは、お前には荷が重すぎる。守護神の力、その全てを引き出すことに成功したとしても、お前はその力に耐えきれないだろう。よくて廃人、運が悪ければ自ら発動した守護神本来の力、神世魔法に飲み込まれて、この世に存在すらできない。それが今のお前の実力なんだよ、ヴァイルマン」

「馬鹿な！　そんなはずがない！　俺様は、この時代の覇者になる男、魔操王なんだぞ！」

手にした神具を振るい、ヴァイルマンが喚《わめ》く。

だが、その悲痛で痛切で哀切すら感じられる慟哭《どうこく》も、虚《むな》しく玉座の間に響くだけだ。

俺は首を振り、俺の視《み》た魔操王の本質へと迫っていく。

「魔術が浸透したこの時代だからか、はたまたお前が手にした神具の影響か。お前のやっていることは、単なる猿真似《さるまね》にすぎないんだ」

「貴様、何を言って――」

「お前が使える魔法の範囲は、一度見せられたものをコピーしているだけなんだろ？」

図星だったのか、ヴァイルマンが言葉に詰まる。

それを無視して、俺は言葉を重ねていく。

「気持ちはわかるよ。俺もそうだったからな。だが、それじゃ駄目なんだ。それでは所詮、その目で視られる範囲でしか力を操ることはできない。大切なのは、その本質を見抜き、理解することなんだ。俺たちのいる世界は、もっと広大だぞ」

「……猿真似で、何が悪い」

静かな怒りをその瞳に湛《たた》え、ヴァイルマンは更に立て続けに魔法を連発する。

「大地がいかに広大であろうとも、所詮世界など自分の認識できる範囲でしかない。ならば、その中で手に入る力を使って何が悪い？　その力を神の力で上乗せするだけで、俺様は俺様の世界を超えられるのだ。なのに、なんなのだ、貴様は？　貴様の存在そのものの方が、自然の摂理に反している！　貴様の方がおかしいのだっ！」

「そうなのかもしれないな」

言葉と言葉の合間にも、ヴァイルマンから魔法は放たれている。

だがその連発に次ぐ連発の力の発露は、しかしあいも変わらず塵《ちり》のように霧散するだけだ。

それでもわからない奴には、実際に見せてやるのが一番いい。

「だったら、その自然の摂理に反している力の一端をお前も視てみるか？」

そう言うと俺は右手を上げ、そこに力を集中させる。

すると手のひらを向けた宙に、小さな渦ができ始めた。

砂鉄のような漆黒の粒子が、螺旋《らせん》を描きながら俺の手のひらへと集まってくる。

それは徐々に大きさと逆巻く速度を増していき、やがて人の顔の大きさ程へと成長した。

俺の手に、濃密に圧縮された暗黒の竜巻のようなものが出来上がる。

「なんだ、それは……」

ヴァイルマンが、震える声でようやく言葉を絞り出した。

「なんなんだ、それは。いや、それがなんなのかは、俺様だからわかる。それは――」

「ああ。触れたものを、この世界とは全く別の世界へ隔絶する、封印に近い力だ」

「だからこそ、俺様にはわからない。よしんば守護神の力でそれを生み出せたとしよう。だが、何故《なぜ》そんなものをお前は作れる？　人の身でありながら、何故そんなものを平然と生み出せてしまえる？　恐ろしくないのか、貴様は！　その力を振るうことが！　一歩間違えれば、発動している貴様の存在すら消え去ってしまうというのに、何故貴様はそんなに平然とその力を、神世魔法を発動できるというのだっ！」

「この世に存在すらできない力だ、というのは、既に言っておいただろ？」

わかっているのなら、やりようはいくらでもある。

それに、もう死は飽きる程経験してきた。今更それを、恐れる意味がわからない。

「それより、わかっているのか？　この状況が」

俺が魔法を発動させたということは、それを何処《どこ》かに放つということだ。

そしてこの魔法の行き先は、たった一つしか存在していない。

「ちゃんと受けろよ？　魔操王。流石《さすが》にこの城に当たると、修復が大変そうだ」

「くそがぁぁぁあああっ！」

ヴァイルマンが避けられない速度で、俺は魔法を放った。

触れればこの世界から消え去る魔法を前に、魔操王は鬼の形相で冷や汗を流す。

彼は魔法を発動しようとするが、それすら飲み込まれると判断し、目を左右に動かす。

表情からも、ヴァイルマンが必死に活路を見出《みいだ》そうと思案しているのが見て取れた。

そして瞬《まばた》き以下の逡巡《しゆんじゆん》の末、ついに魔操王はこの状況を生き抜く一手に辿《たど》り着く。

……そうだ。俺が既に、ヒントを言っている。

「俺様を助けろ、『繰り返すものレゼブディスタ』！」

俺の生み出した魔法と、ヴァイルマンが手にする神具がぶつかり合う。

雷鳴のような轟音《ごうおん》と、爆鳴の如《ごと》き騒音と、鳴動する爆音が発生。

激震に次ぐ強震に烈震も生まれ、玉座の間の壁に、柱に、玉座に罅《ひび》が入る。

ヴァイルマンが絶叫し、必死に魔法を受けているが、何を言っているのかは聞こえない。

永遠に感じられた力の奔流のぶつかり合いは、だが徐々に変化が見られてきた。

『繰り返すもののレゼブディスタ』が、俺の魔法を飲み込みつつあるのだ。

流石は神が作りし武具。俺の魔法であっても、その力は健在のようらしい。

禍々《まがまが》しさすら感じられる俺の魔法は、徐々にその姿をなくしていく。

そしてついに、魔法が神具に完全に受け切られた。

玉座の間が、一瞬にして耳が痛いほどの静寂に包まれる。

聞こえてくるのは神具を構えた、ヴァイルマンの荒い息遣いだけだ。

滝のような汗を流し、えずくように呼吸する魔操王は、やがて口角を吊《つ》り上げる。

「やった、やったぞ！　やはり俺様は、この時代の覇者にふさわしい存在！」

ヴァイルマンは勝ち誇るように、『繰り返すもののレゼブディスタ』を高らかに掲げる。

「流石の俺様も諦めかけたが、この時代が選んだのはやはり俺様の方だった！　力の殆《ほとん》どを使ってしまったが、貴様の異次元の神世魔法も、ついに俺様はこの手中に収めたぞ！　調子に乗りすぎたな！　貴様は貴様の力で死ぬのだ！　俺様の力を思い知るが――」

「悪いけど、その神具を使った冒険者が一方的に負けた場面を、既に俺は視ているんだ」

そう言って俺は、先程生み出した神世魔法を宙に百個ほど浮かべてみせる。

……『繰り返すもののレゼブディスタ』は、確かに強力な神具だ。

相手の初撃を凌《しの》ぎきれば、確実に相手の最強の攻撃をコピーできる。

だが、相手がコピーした力よりも強力な攻撃をされると、ジリ貧となるのだ。
それはカーティスと、龍となったアエリアとの戦いで証明済み。
「だから、既に言っておいただろ？」
自然の摂理に反している力の『一端』をお前も視てみるか？　と。
ヴァイルマンの手から、『繰り返すものレゼブディスタ』が零れ落ちる。
神具が床に落下し、甲高い音が鳴った。
守護神を繋ぐ鎖も手放し、魔操王は腰砕けになりながら、俺から距離を取ろうとする。
一見悪あがきのようにも視えるが、彼が逃げる先に隠し通路があるのも視えていた。
這《は》いつくばるようにして壁の一角を押すと、通路が現れる仕掛けになっている。
そして、それをヴァイルマンが押した。
その瞬間、俺は土魔法を発動。
ヴァイルマンの進行方向へ、無数の土柱を生み出した。
逃げ道を塞がれた魔操王は悲鳴を上げ、その場で尻餅をつく。
そんな彼の下《もと》へ、俺は歩みを進めていった。
「ロクタール！」

エルマが名前を呼びながら、守護神の下へと駆け出していく。

俺はロクタールの首輪を一瞥し、指を鳴らした。

瞬間、守護神の首輪が砕け散り、彼を拘束していた呪縛から解き放つ。

ロクタールを介抱するエルマを横目に、俺は魔操王の下へと辿り着いた。

そんな俺の隣に、アエリアも並ぶ。

怯《おび》えるヴァイルマンの瞳が、俺を見上げた。

「た、頼む。助けてくれ！　金も好きなだけ払うし、奴隷が必要なら俺様が精神操作した男女どれでもくれてやる！　欲しい魔導具があるのなら、なんでも作ってやろう！　だから、だからどうか、命だけはっ！」

無様に揺れる瞳を見下ろしながら、俺は口を開く。

「ロクタールを繋いでいたあの鎖。お前は一体、あれをどこで手に入れたんだ？」

「な、なんのことだ？　情報が欲しいのか？　だが、俺様は何も知らんぞ」

「惚《とぼ》けるな。お前に、神を従えられる程の魔導具を作り出す才能はない」

確かにヴァイルマンは、魔術の才能はあった。

この時代では使い手がいないと言われる、魔法を扱えるまでに至ったのも認めよう。

だからその力を使い、人を、そしてモンスターすら操っていた。

更に魔統神騎士団の魔導具を生み出し、組織としての力も強化していた。

だが、そこまでだ。

それ以上の力を、ヴァイルマンは持っていない。何故なら――

「お前は、自分の力で神世魔法を発動すらさせることができなかった」

「逆なんですよ。順序が」

アエリアが、俺の言葉を受けて言葉を紡ぐ。

「神が使える魔法を扱えないのに、その神を従えているというのは、道理に合いません」

「ち、違う。あれは、俺様の力だ！　俺様が、俺様のっ！」

「すぐバレる嘘《うそ》をつくのはやめろ。時間の無駄だ」

そう言って俺は、ヴァイルマンの瞳を覗《のぞ》き込む。

奴《やつ》の瞳いっぱいに俺の顔が、何より、煌《きら》めく俺の瞳が映し出されていた。

「お前がこの国の王になる前に付き合いが始まったという、怪しい奴らか？」

「な、何を――」

「そうか。そいつらから、あの鎖を受け取ったんだな」

「誤魔化しても無駄ですよ。ラディには、もうあなたの全てが『視えて』いますから」

「観念しろ。こっちには神がついているんだ。勝利の女神がな」

そう言うとヴァイルマンは、観念したかのように項垂《うなだ》れる。

そしてポツポツと、つぶやき始めた。

「俺様に接触してきたのは、魔神十二将の使いの者だと言っていた」

「魔神十二将？」

「大賢者に下賜され、その意志を実行する者たちの取りまとめだと、そう聞いている」

「大賢者、ですって？」

俺とアエリアは、互いに顔を見合わせる。

その名前は俺たちが封印を解いた後、助けた冒険者から聞いていた名前だ。

「大賢者というのは、ティルラスターのことなのか？」

「この世界から魔法とスキルをなくし、魔術を広めたという、あの？」

「ああ、そうだ」

ヴァイルマンの言葉に、アエリアが首を傾《かし》げる。

「でもその大賢者様は、随分昔の方なので、もう亡くなられているのでは？」

「俺様だって大賢者が今も生きているだなんて思ってはおらん。言っただろ？　その意志を実行する者たちだ、と。大方、大賢者が昔残した思想に則《のっと》った連中なのだろう」

「……余計に、わからなくなりました。その大賢者様は、この時代の方からしたら恩人みたいな方なんじゃないんでしょうか？　確か、運という呪いから解放してくださったとか、そんなことをおっしゃられていた方もおりましたが。そんな方が、どうして神の隷属なんて真似《まね》を？」

「それこそ、逆なのだよ。順番が」

そう言って、ヴァイルマンは皮肉げに笑う。

「そもそも大賢者は、自分の目的のために魔術をこの世界に広めたんだ」

「どういう、ことなのでしょう？」

「……なるほど。そういうことか」

ヴァイルマンの言わんとしていることがわかり、俺は僅かに頷《うなず》く。

「つまり大賢者は、魔法やスキルを衰退させるために、魔術を広めたんだ」

封印を抜け出した直後の駆け出し冒険者たちと話した時に感じた違和感。

月日を重ねる毎《ごと》に人の力が弱まっていると感じたのは、事実だったのだ。

……いや、弱くなったのは人だけではなく、モンスターもか。

作為的な、食物連鎖だ。

大賢者によってこの世界は、負の循環に陥っている。

無能でハズレスキル持ちの俺がある程度戦える程、この世界は弱くなっていたのだ。

「で、でも、どうしてです？　どうして大賢者はそんなことをするんですか？」

アエリアの疑問に、ヴァイルマンが答える。

「独占するためさ。それこそ、神をも従える力を、魔法とスキルをな」

「そして、知識の独占も、か？」

そう言った俺を、ヴァイルマンは驚愕《きようがく》を通り越して呆《あき》れたように見つめてくる。

「お前は、本当にどこまで『視《み》えて』いるんだ？」

「言っただろ？　大切なのは、その本質を見抜き、理解することだ、と」

これもあの時、駆け出し冒険者から聞いた話だ。

「今の時代、魔術に関する本は図書館に行かないと読めないようになっている」

「でも、その図書館は冒険者の方にも開放されているのですよね？　魔術を学ぶために」

アエリアの疑問に、俺は頷く。

「そうだ。だが、公開する本の種類はその図書館を管理している国が決められるだろ？」

特に、強力な魔術などの知識は国の権力者が独占したいと考えるはず。

何せこの世界は、魔法やスキルという運に頼らない時代。

努力の才能が、物を言う時代なのだ。

逆に言えば、努力さえすれば権力者も一般人も力の差はなくせるということになる。

そうなれば力関係は逆転し、謀反《むほん》を起こされる機会も増えるだろう。

そしてそれによって引き起こされる混乱は、野心のない人にとって害悪でしかない。

結果として知識は、権力者が情報統制という名の下に管理する方向になっていく。

この国でヴァイルマンが絶対的な強者だったのは、それも関係するはずだ。

何故《なぜ》なら魔操王は、ボクルオナ王国が管理する知識を制限なく得ることができるからだ。

「知識の差が魔術という力になるから、それが制限されている以上権力者と他の国民たちとの力の差は歴然。それが何百年も経《た》てば、そりゃこの時代の強力なモンスターを倒せる奴も限られるようになるはずだ」

「大賢者の意図が力の独占というのはわかりました。でも、目的はなんなのでしょうか？　力を独占して、ティルラスターは何をするつもりなのでしょう？」

アエリアの疑問に、ヴァイルマンは力なく笑って答える。

「事の始まりは、大賢者が亡くした自分の妻と娘を生き返らせようとしたことだと、そう聞いている」

「まさか、大賢者様は死者蘇生《ししゃそせい》を試みようとされていたのですか？　そんな魔法、そんなスキル、そのような禁忌を人間が扱えるわけがありません！」

「だからかの大賢者は、人以外に頼ろうとしたのだろう。人の身で実現できないのであれば、人以外の存在に頼ればいい、と」

ヴァイルマンの言葉に、俺も反応する。

「その人以外の存在というのが神や強力なモンスター、ダンジョンのボスということか」

「話が早いな。まるで神にもダンジョンのボスにも出会ったことがあるみたいだ」

……みたいも何も、お前の目の前の存在がまさにそうだったんだがな。

そう思いながらも、俺はアエリアの方へ視線を向ける。

俺の視線を受けた女神は、更に疑問を口にした。

「でも、それならどうして神を呪い、狂わせる必要があるというのです？」

「貴様らとて、この単語を聞いたことはあるだろう？　テイムという単語を」

「まさか、そんな！」

俺と同じく、事の真相に気づいたアエリアが、驚愕の声を上げる。

それに、ヴァイルマンが反応した。

「そのまさかだ。モンスターは、テイムできる。つまり、隷属させられるのさ。だから大賢者は、こう考えた。モンスターがテイムできるのであれば、同じモンスターのダンジョンのボスもテイムできるのではないのだろうか？　と。ならば、後は簡単だ。神を、堕《お》とせばいい。理性を失わせ、神聖を侵し、獣同然として、モンスターの身に。そうすれば、モンスターテイムで神を従わせることができる」

「この時代、神に対しての敬意が薄いのも、信仰心を減らすためか」

「そうだ。事実、俺様が捕らえていた守護神の心配なんて、ほとんどの国民がしておるまい」

確かに、ヴァイルマンの言う通りだ。

アベリストウィスの住民は、エルマを除いて守護神のことを口にもしなかった。

この国は初代国王と契約した守護神の力で平穏を保っていたのにもかかわらず、だ。

彼らはモンスターを倒せる魔統神騎士団に怯えるだけ。

本来であれば、ボクルオナ王国を守る守護神に頼ろうと考えてもいいはずなのに。

「大賢者は、最初に人の力を弱くした。そして心も弱くすることで、神とモンスターの弱体化を謀ったんだよ。そうなれば世界全体が弱体化し、逆にそれでも力を保っている存在、大賢者が探し求めているような神やモンスターの所在地が浮き彫りになってくる。他は弱くなっている分、逆に強い存在はそれだけで異質で、目立つからな」

その言葉に、俺は食物連鎖のピラミッドを頭の中に思い浮かべていた。

そのピラミッドの頂点は、大賢者が求める神とモンスター。

通常ピラミッドの下位層に位置する種族が減れば、それより上位層もいずれ数を減らす。

そして、また減った下位層の種族の数が増えていく。

つまり、循環だ。

しかしこのピラミッドの頂点は、神やダンジョンのボスに位置づけられる存在。

そう簡単に死にはしない。

そうしている内に頂点の下に位置する層の種族は絶滅。

更に下位層の種族も絶滅する。

そうなるとピラミッドの高さはどんどん減っていき。

頂点は最下層の方へ、人間が属する層まで落ちるのだ。

その大賢者の思惑は、このピラミッドを痩せ細らせること。

人が、本来届かない存在へ手を届かせるため。

他の種族を鏖殺《おうさつ》するのを厭《いと》わない極悪非道な手段で、死者蘇生を成そうとしているのだ。

「大賢者は、この世界を破壊し尽くしてまで死者を蘇《よみがえ》らせようとしているのか」

「なんて、なんて傍若無人で、慇懃無礼《いんぎんぶれい》で、悪逆非道な考えなのでしょう！」

両手で自分の腕を抱き、震えるアエリアの背中を、俺は撫《な》でる。

実際に被害にあった女神の心中を、人間の俺ごときが推し量ることなどできなかった。

だから俺は、俺ができることのために、口を開く。

「大賢者が、死者を生き返らせるために神や強力なモンスターを集めようとしているのはわかった。だがその意志を継いだという魔神十二将とやらがまだ活動しているということは」

「そうだ。まだ、その禁忌を超える力を持つ神やモンスターを奴らは手に入れられてはいない。故に、奴らの活動目的は、その禁忌を成し遂げるための神やモンスター集め。まぁ、俺様のように死者を蘇らせることに興味はなく、力さえ手に入れることができればいいと、そういう奴もいるみたいだが」

「それで、あの鎖か。それで？　どれぐらいまでの相手なら従えさせられるんだ？」

「ラディ？」

アエリアは疑問の声を上げるが、ヴァイルマンは俺の問いの意味を理解したようだ。

「……流石《さすが》だな。そこまでわかるのか？」

「まだ禁忌を超えられていない。それはつまり、それだけの力を持つ相手をまだ魔神十二将たちは従属させられていないということだ。だからあの鎖は、未完成品ということになる」

「貴様の言う通りだ。あの鎖が効くのは、せいぜい小規模な範囲で祀《まつ》られている神ぐらいなものだ。もっとも、それだけでも尋常ならざる力を得ることができるのだが」

「魔神十二将が従えられる相手の強さも、それぐらいなのか？」

「流石にそこまでは俺様も知らぬ。だが、俺様以下の実力というわけではなかろう。仮に大賢者本人が生きているというのであれば、魔神十二将たちが今まで蓄積したノウハウを用いて、地母神や下手をすれば創造神をも手中に収められる可能性もあるかもしれんがな」

そう言った後、ヴァイルマンは笑う。

「これが、俺様の知っている情報の全てだ。さぁ、全部話したぞ。俺様を生かしてくれ！」

「……安心しろ。もとより俺たちはお前を殺すつもりはない。それ程恨みはないからな」

「ほ、本当か？」

「ああ、本当だ。だが、一つ聞かせてくれ。何故そこまで生に執着する？」

「決まっているではないか。足掻《あが》くためだ」

何を当たり前なことをと言わんばかりに、魔操王がこちらを見上げる。

「確かに、俺様は負けた。それはもう、文句のつけようがないくらい、完膚なきまでにな。自惚《うぬぼ》れていたのだろう。他よりも、少し力を持っている程度の実力だったと、貴様らに痛感させられた。更に他人から借りた力を、自らの力だと過信したのが運の尽きよ。財を集め、人を集め、魔神十二将を打倒し、この時代の覇者へ至らんとしたが、叶《かな》わなかった。だが、生きていればそこに手が届く！　どれだけ低い、それこそ俺様の実力が最下層に近いものであったとしても、生きて、足掻けば手が届くかもしれない！　まだ見ぬピラミッドの、頂点という奴《やつ》になっ！」

「……なるほど。魔神十二将がお前に目をつけた理由がわかったよ」

そう言いながら、俺は魔操王が手落とした魔導具を手にする。

「だからこそ、『繰り返すものレゼブディスタ』はお前には似合わない」

「ほざけ。それは初代国王の時から代々この国の王が引き継いできた剣だ。故《ゆえ》に、俺様以上に似合う人間などおらん」

「な、なんだか急に態度がデカくなりましたね」

若干引き気味となるアエリアに対して、ヴァイルマンは床に大の字で横になる。

「貴様らは俺様を容易に殺せるが、殺す気はないと言った。そして貴様らは、殺さないと言ったのであればそれをすぐに覆すような輩《やから》ではない。心や精神、魂の規律に従うタイプだからだ。ならば、下手に出るのは無駄というもの。貴様らとの戦闘で、流石の俺様も今は一発の魔法を放つのすら難儀な状態だからな。無駄は省きたいのだ」

「そ、その通りですけど、ムカつきますねぇ本当に！」

「足掻く姿勢はいいと思うが、足掻いた結果ぶつかるのは、何も幸運ばかりではないぞ？」

「何？」

「俺は言ったぞ。お前にそれ程恨みはない。だから俺たちはお前を殺すつもりはない、と」

「ヴァイルマン様っ！」

玉座の間に、魔統神騎士団の面々がやってくる。

その先頭に立つのは、サラドを始めとした師団長たちだ。

サラドが俺の足元に横たわるヴァイルマンを見て、心の底から安堵《あんど》した表情を浮かべる。

「よかった。まだご存命なのですね」

「当たり前だ。俺様だぞ。ああ、だが貴様ら、こやつらに手を出すのではない。貴様らがどれだけ束になろうとも、万が一どころか億にも兆にも一勝ち目がない相手だからな。無駄に戦って、俺様の魔統神騎士団の戦力が削られるのは避けたいのだ」

「ええ、存じておりますとも。この身を以《もっ》て」

そう言ったサラドの視線が俺の手にする『繰り返すものレゼブディスタ』へ向けられる。

「それを、どうされるおつもりですか？」

「初代国王の意志を受け継ぐ道を歩もうと、これから必死に足掻く人に渡すつもりだ」

「では僭越《せんえつ》ながら、この一時、ワシにその栄誉を賜りたい」

そう言ったサラドに向けて、俺は剣を放り投げる。

サラドはそれを難なく受け取ると、ヴァイルマンの方へ構えた。

その魔操王はというと、このやり取りを呆《ほう》けたように見つめている。

この場で唯一、ヴァイルマンだけだ。

彼だけが唯一、これから何が行われようとしているのか理解していない。

「何を、言っているのだ？　貴様ら。何をやっているのだ？　貴様ら！」

「確かに、最初は力を振るえると貴方《あなた》の下《もと》へ集まりました」

「だが、そこから貴方の力に怯《おび》える日々だった！」

「私は家族を人質に取られて、家族はすぐに魔術の実験体になって廃人になった！」

「俺の弟は歩き方が気に入らないと処刑された！」

「ここしか居場所がないから、ずっとここで耐えてたんだ！」

「そうだ！　僕らが弱かったから、足掻こうとしてこなかったんだ！」

「ですから、ワシらは足掻くことにしたのです。足掻く意味がある、千載一遇のチャンスを目の前に。今更、本当に今更ですが、一歩一歩、自分の足で歩もうと」

「何を、何を言っているのか理解しているのか、貴様らっ！」

ここに来て遅まきながら、ヴァイルマンは何が起こっているのか気づいたのだろう。

必死に体を動かして、サラドたちへ顔を向ける。

だが、できるのはそこまでだ。

魔操王は俺との戦闘で、もはや自分の部下にすら抗《あらが》う力を残していない。

サラドが口を開きながら、ゆっくりとヴァイルマンに近づいていく。

「これは貴方のせいでもありますが、貴方だけのせいではありません。ワシらが弱かった。それがいけなかったのです」

「ふざけるなっ！　俺様は強い！　貴様らゴミ共と一緒にするな！」

サラドの背中に、ニヘムが、ゲルヴィヒが、バスタメイが、アコラートが、クブレラが、サレノールが続く。

「今更なんと言ってこの国の民の信頼を取り戻したらいいのか、皆目見当もつきません。ですが、今までの行動を非難され、指を差されながら貶《けな》され、無知蒙昧《むちもうまい》と揶揄《やゆ》されながら、きっとワシらはこの国を豊かにしてみせます」

「黙れ黙れ黙れ！　何を勝手に、何を勝手に俺様が含まれていない未来の話をしている！　そんな未来、認めるか！　認めない、俺様が認めないっ！」

進む師団長の後には、更に魔統神騎士団の本隊の団員たちが続いていた。

傷を負ったものは仲間の肩を借り、本隊以外の団員も助け合いながら歩いている。

この国の変革を、自らが仕えていた狂王にして魔操王が墜《お》ちるのを見届けるために。

「貴方は、ワシらが背負います。貴方が今までしてきた行い、そしてその指示を受け、実行したワシらの罪と一緒に。そして誓いましょう。一生かけて、その咎《とが》を償うのだと。ワシらは安易な死に逃げることをせず、この国のために生き、そしてこの国のために死ぬのだと」

「だから黙れと言っているのだ、わからんのか！　このクズ共がぁぁぁあああっ！」

「もう逝《い》きなさい。願わくは貴方に次の輪廻《りんね》で、健やかな精神が宿ることを祈って」

もはや俺とアエリアは、その様子を最後まで見てはいなかった。

歩いていると、背後からボクルオナ王国万歳の大合唱が聞こえてくる。

それでもう、振り返らなくても何がどうなったのかは容易に理解できた。

団員たちが声を上げる度この場のボルテージが上がっていく。

彼らの足掻きの産声は、まだもう暫《しばら》く鳴り止《や》みそうもない。

それらを背に、俺とアエリアはエルマと気絶したロクタールのそばに立っている。

「これで一件落着、ということなのでしょうか？」

アエリアの言葉に、俺は小さく頷《うなず》く。

「ひとまず、ボクルオナ王国についてはそうだろうな」

今後彼らがどのような道を歩んでいくのかは、もう俺たちの関与すべき問題ではない。

だから今度は俺の、いや、俺たちが関係する問題について話す時間だ。

「いやぁ、それにしてもラディたちが来てくれて助かったよ」

そう言ってエルマが、朗らかに笑う。

「この国もよくなりそうだし、ロクタールも助けることができた。本当に一件落着だね！」

「ボクルオナ王国については、な」

そう言って俺は、エルマの方へと鋭い視線を向ける。


「次は、お前の正体をはっきりさせようか。エルマ」


俺の言葉に、エルマの表情が固まる。そしてすぐに取り繕うように、口を開いた。

「にゃにゃ！　何を言ってるの？　ラディ。ボクはただのウエイトレスで――」

「俺たちの魔法を当たり前に受け入れるような奴が、ただのウエイトレスなわけあるか」

指を鳴らして土魔法を発動。俺たちの周りの床を切り崩す。

五階程落下した所で重力魔法と風魔法により減速。

俺たちが乗る床をゆっくりと地面へ着地させた。

更に風魔法で空気の密度を調整し、防音状態を作り出す。

埃《ほこり》や煙が立ち上るのを見ながら、俺は自分の思考に沈んでいく。

思い返せば、エルマはおかしかった。

アベリストウィスで最初に出会ってから今の今まで、おかしいのだ。

……今日の出来事だけに絞っても、おかしな点が山盛りだ。

たとえば町の外で魔統神騎士団と戦った時、エルマはこう言っていた。

『にゃにゃ！　これ、ラディが全部やったの？　凄《すご》いっ！』

これは、俺が何かしたと理解していなければ出てこない発言だろう。

そして城に入り、玉座の間へ向かうまでの間に、俺はこう言った。

『もうアエリアの魔法で魔操王をぶっ飛ばさないか？　場所は「視《み》えている」し』

俺が魔法を使うと言ったのに、エルマは全く驚かなかった。

それは彼女が、俺が魔術ではなく、魔法を使えると既に町にいた時に知っていたからだ。

「エルマ。お前には、区別がついていたんだろ？　魔術と魔法の、な」

「にゃにゃ！　た、たまたまだよ！　それに、魔操王だって魔法を使えるし――」

「この時代で使い手のいない術を扱える奴が、そんなにポンポン都合よく現れるかよ」

「だっているじゃん！　見たままを受け入れる主義なんだよボクはっ！」

「それにしては簡単に受け入れすぎだろ。まぁ、他の魔法ならいざしらず、ニヘムにかけられた精神操作を解いた時すら驚かなかったのは、流石《さすが》にやりすぎだ」

アエリアの話では、魔法であっても精神操作を扱える人間は少ないという。

俺たちが本来生きていた時代であってもそうなのだ。

その精神操作を、かけるのではなく更に解ける存在なんて、そうそういない。

「他にも、おかしい点はある」

「な、何が？」

「俺がこの城の見張り塔を破壊したあの時、お前、なんて言ったか覚えているか？」

「え？　な、なんだっけ？」

「あの時お前は、こう言ったんだよ」

『でも、確かに死人はいなそうだね。崩れた外壁に血が見えないもの』

「え、全然変じゃないでしょ。実際、死人は出てないんだし」

「それで、わかるのがおかしいんだよ」

「で、でもでも、アエリアさんだってボクの発言に同意してくれていたじゃないかっ！」

「そうですね。補助魔法で視力を上げて、私はようやく確認できたんですけど」

自らの失言を悟ったのか、エルマが両手で口を押さえる。

そうだ。女神ですら視えない距離を、エルマは何もせずに見通したのだ。

よく視えるスキルを持つ俺ならいざ知らず、普通の人間ができる芸当ではない。

「随分と、目がいいみたいだな？　エルマ」

エルマが、尋常じゃない程の冷や汗を流している。

そんな彼女に向かい、俺は口を開いた。


「エルマ。お前は、俺が以前助けた紅葉《もみじ》柄の猫だな？」


そう言うとエルマは深く、深く深呼吸して、口を開く。

「いつから、気づいていたの？　ラディ」

「お前が店で、魔統神騎士団の団員に突き飛ばされた時だ」

あの時俺は、服の破れたエルマの背中を視た。

彼女の背中には、火傷《やけど》のようなものが視えた。

手が伸びるように、紅葉のように広がるそれを視て、確信した。

「この城に向かう馬車の中で話した通り、普通紅葉柄の猫は存在しない。普通は、な」

「でもこの世界には、普通じゃない存在がいますから」

アエリアがそう言うと、エルマが観念したように口を開く。

「……モンスター」

「そうだ。お前は俺と出会った時、既に純粋な猫ではなく、化け猫だったんだ」

そう考えると、不審だったエルマの発言にも説明がつく。

彼女の言っていた同名のラディという知り合い。

あれは、同名の別のラディが知り合いにいるという意味合いではなかった。

そのままの意味だ。過去に出会った、俺のことを言っていたのだ。

国の説明を自分の眼《め》で見てきたように語っていたのも、そうなると理解できる。

エルマは、実際に見てきたのだ。

初代国王が何をしてきたのか、その眼で見て、そして、今まで生きてきた。

そう思っている俺の隣で、アエリアがクスリと笑う。

「でも今にして思えば、お店でエルマさんを突き飛ばした相手だけをラディがわざわざ殴り飛ばしたのも、私が懸念点を伝えてもエルマさんをこの城へ同行するのを許したのも、そういう理由だったのかと納得できますね」

「……アエリアさんも、気づいていたの？　ボクが、人間じゃない、って」

「気づいたのは先程話題に上った、見張り塔の場面ですけど。でも、エルマさんも馬車の中で気づいていたんでしょ？　あのダンジョンにいた龍が、私だった、って」

　そう言われ、エルマは怯えたように頷いた。

　途中彼女がアエリアから一歩引いたような姿勢になっていたのは、これが理由だ。

　馬車の中で紅葉柄の猫が存在しないことを伝えた時、俺はこう思った。


『……どうやら、二人共気づいたみたいだな』


　これはアエリアが封印される前に見た猫に対する違和感に対してと。

　そして、エルマがダンジョンの龍がアエリアだと気づいたことに対して考えていたのだ。

　あのダンジョンでの出来事を知っているのは、俺、龍だったアエリア、カーティス。

　そして、俺が助けた紅葉柄の猫だけだから。

「でも、ラディも人が悪いですよ。エルマさんがあの時の猫だって気づいていたのなら、何故《なぜ》ちゃんと教えてくれなかったのですか？」

「言っても簡単に信じないだろ？　それにあの時、俺はちゃんと言っていたぞ？」

『当時の俺は、今ほど視えていなかったからな。あれがなんなのか、確証は持てなかったよ』

当時は確かに、確証はなかった。

だが逆に言えば、今は確証があるということだ。

「それにエルマに話をふったら、自分の正体に触れて欲しくなさそうだったからな」

紅葉柄の猫を見たことがないか聞いた時、エルマはこう答えた。


『……そうだね。うん。見たことないよ、ボクは』


「自分の背中だから見えないと答えたのか、それとも紅葉柄の猫ではなく化け猫だったからかはわかりませんが、嘘《うそ》を言ってはいないと言い張るのもギリギリのラインですね」

「……黙っていてくれたのに、どうしてラディはボクの正体に今言及したの？」

「そりゃ、あの存在を見せられたらな」

俺の思考は、サラドが持つ『繰り返すものレゼブディスタ』へと向けられている。

「この国、ボクルオナ王国の初代国王というのは――」

「そうだよ、ラディ。カーティス・イングリッシュ。かつて君が一緒にダンジョンにまでボクを迎えに来てくれた冒険者。彼が、この国の初代国王なんだ」

……やっぱり、そうなのか。

ヴァイルマンがあの神具を手にしていたのを見て、その可能性は考えていた。

『繰り返すものレゼブディスタ』が流れ流れて別の人の手に渡ったとも考えた。

しかしその場合、また不可解な事象が発生する。

エルマが、この地に留《とど》まっていた理由だ。

既に述べた通り、彼女は随分長く、その目でこの国の歴史を見ている。

化け猫なのだから、何処《どこ》か全く違う土地に移り住んでもよかったのにもかかわらず、だ。

そうしなかったのは、恐らく――

「名付け親が、あの人なのか」

「うん、そう。エルマという名前は、カーティスが付けてくれたんだ」

野良の化け猫は名を与えられ、家猫ならぬ家化け猫として、この地に住むことを選んだ。

「それにしても、あの人が勇者と一緒に冒険ねぇ。印象がちょっと違うな」

それに、姿を拝ませてもらえないと言っていた気がする。だが――

……会えたんだな。神様に、守護神に。

「あの人は、一匹狼《いっぴきおおかみ》タイプだと思っていたんだが」

「ずっと、後悔してたんだよ。ラディを身代わりにして生き残ってしまった、って。だから カーティスは色んな人を助けて、助けて、助け続けて、気づいたらそんな感じになってたんだ。いつか封印が解かれた時、ラディが燻製《くんせい》料理を食べるために立ち寄るかもしれないからって、この国を作ったんだよ。ボクへの最後の遺言も、ラディを頼むぞ、だったからさ」

そう言いながらエルマの瞳が潤んでいく。

「だから、ボク、ずっとこの国を見続けてきたんだよ。カーティスと契約したロクタールとはそこまで表立って話はしてこなかったけど、たまに話したり、長い付き合いだったんだ。でも、ヴァイルマンがあんなことになって、ロクタールとも連絡が取れなくなって……」

「だが、仮にもお前は数百年生きている化け猫だろ？　その力を使えば——」

「駄目だよ。ボクが力を使うと、気づかれちゃうから……」

「誰に？」

「魔神十二将」

その言葉に、俺とアエリアの表情が硬くなる。

「アエリアを狂わせ、ヴァイルマンを甘言で惑わせた存在の名前が何故ここで出てくる？」

「ボクと最初に会った時のこと、覚えてる？　ラディ」

「……もちろんだ。怪我《けが》をしているお前を見つけて、それで手当てをしようとしたんだ」

「その怪我、大賢者に追われてる時にできたんだ」

「なんだと？」

今度こそ俺は、驚愕《きようがく》に口を歪《ゆが》めた。

女神であるアエリアにモンスターである化け猫のエルマ。

神にモンスターという大賢者が狙う対象、その被害者が俺の周りに二人もいるだなんて。

「あの時、ボクは猫に化けて町に入り込むことでどうにか追跡を振り切ったんだ。でも、その後暫《しばら》くして、町の近くにダンジョンができて……」

「なるほど。エルマさんを取り逃がした大賢者が、私を次の目標にしたというわけですか」

「そしてモンスター化したアエリアを、ダンジョンのボスにしたわけだな」

「本当に、ボク、焦ったよ。あのままじゃ町の人が、ラディが危なくなるかもしれないし。だからボク、なんとか怪我も治ってたし、どうにかしようって一人でダンジョンに入って。でも、そしたら――」

「それを視《み》た俺が、ダンジョンに向かったわけか」

あの時俺は、エルマがダンジョンで無事だった幸運を喜んだ。

でも、違ったのだ。

過去の出来事が、パズルのピースを埋めていくように埋まっていく。

恐らく、どれか一ピースでも欠けていたら、このような未来になってはいなかっただろう。

そう思っている俺の前で、エルマがポツリと呟《つぶや》いた。

「……ごめんね、ラディ」

「何がだ？」

「全部、ボクのせいなんだ。アエリアさんも、ごめんなさい。ボクが逃げ出してなかったら、アエリアさんも龍なんかにならなくて済んだのに……」

「何を言っているんですかエルマさん！　あなたが悪いことなんて、何一つありません！」

「そうだぞ、エルマ。全ての元凶は大賢者だ」

「違う、違うんだよ、ラディ、アエリアさん！」

両手で頭を抱えて、エルマが頭を振る。

「ボクは、怖かったんだ！　大賢者に立ち向かうのが、戦うのが！　だから、逃げて、隠れて……。今だってそうだよ！　この国がこんな風になってるのに、カーティスにも頼まれたのに、大賢者はもう死んでるはずだってわかってるのに！　あいつの意志を継いでいる魔神十二将が、怖かった……。ラディがいつ戻ってきてもいいように、美味《おい》しい燻製料理、食べさせてあげたかったのに、それなのにボクは、ボクは逃げたんだ！　ロクタールがどうなっているのかも、薄々わかっていたのに、ボクは――」

「……そこにいるのは、エルマ、ですか？」

気を失っていたロクタールが、目を覚ます。

　そんな彼に向かって、エルマが今日何度目になるのかわからない謝罪の言葉を口にした。

「ごめん、ロクタール！　ボク、君を助けに行くことができなかった！」

「……何を、言っているのですか。こうやって、助けに来てくれたじゃありませんか」

「違うよロクタール。ボクは、何もしていない。ラディがバスタメイやサラドたちに言っていたみたいに、やれることがあるのに、足掻《あが》こうとしなかったんだよ！　全部、全部ラディとアエリアさんがやってくれたんだ。何かしないとまずいって思ってたのに、ボク、何もしなかったんだよっ！」

「本当に、そうでしょうか？」

「……え？」

　アエリアの言葉に、エルマが呆《ほう》けたような表情を浮かべる。

　そんな彼女を見ながら、女神は口を開いた。

「何もしてないというのなら、どうしてエルマさんはウエイトレスをしていたんですか？」

「ウエイト、レスって、そんなの、ただ、働いていただけじゃないか。魔神十二将に見つかるのを恐れて、現実逃避して、戦わずに逃げていただけじゃないか、ボクはっ！」

「でもそれは、ラディに美味しい燻製料理を食べさせたくて始めたのではないのですか？　だって逃げようと思えば、エルマさんは猫の姿のまま逃げられたはずですから」

　ハッとしたように顔を上げるエルマに、女神が微笑《ほほえ》みかける。

「戦うっていう言葉だと仰々しく聞こえてしまいますけど、何も殴り合うことばかりが戦いではありません。お料理を作ることだって、一歩前に踏み出すことだって、立派な戦いです。自分のできる範囲でいいのですよ。ラディも言っていたではありませんか。少しでも正しいと思える方に足掻くしかない。どれだけ時間がかかったとしても、少しはマシになると。そして、そのマシになったことを誇るべきだ、と」

「そもそもエルマがあの店で働いていたから、俺たちの再会が実現したんだ。そういう意味でいうと、お前がいなけりゃこの未来はあり得なかった」

「……話から察するに、あなたがカーティスとエルマが言っていた恩人ですか」

ロクタールの言葉に、俺は肩をすくめる。

「恩人という自覚はないが、昔無茶をした仲というのならその通りだ」

「では、ちゃんと再会を喜び合ったのですか？」

そう言ってロクタールが、体を起こす。

「カーティスはもちろんですが、エルマもあなたと再会するのを楽しみにしていました。久々の再会なのです。であれば、まずはその時間を大事にしませんか？」

「確かに、おっしゃる通りですね！」

そう言ってアエリアは、俺をエルマの前へと連れていく。

戸惑うようなエルマに向かい、ロクタールが優しく声をかけた。

「後悔や懺悔《ざんげ》より、ただただ積もったあなたの気持ちをお伝えなさい」

「流石《さすが》のラディでも、帰ってきた時に言うべき言葉は知っていますよね？」

アエリアの言葉に溜息《ためいき》を吐《つ》いて、俺はエルマの方へ視線を向ける。

彼女の美しい瞳を見つめながら、俺は口を開いた。

「ただいま、エルマ」

そう言うとエルマは、言葉に詰まったように黙り込む。

そしてその後、ゆっくりと口を開いた。

「……うん。あのね、ラディ」

「なんだ？」

「ボク、ボクね？　頑張ったんだよ」

「ああ、そうだな」

「なんとかしなきゃ、って。カーティスもいないし、ロクタールにだって、頼れなくって。

一人で、どうにかするしかなくって。でも、ボク一人の力じゃ、どうしようもなくって。

それでもどうにかしないといけないって、戦えないけど、戦うならどうすればいいのか、
必死に、怖かったけど、必死になって考えたんだよ？　ラディ」

「うん、知ってる」

「でも、ボク、馬鹿だから。いい考え、全然出てこなくって。もう、駄目だって、諦め、

がけてでぇ」

エルマの瞳から、涙がボロボロと零《こぼ》れ落ちていく。

「あいだ、がっだよ。ラディ。あいだがった。本当に、本当に、あいだがっだよぉ！」

「悪い。待たせたな」

「いいの！　がえでぎで、くれたから！　カーティスも、あいだがっだろうけど、でも、いいの！　がえっでぎでくれたから、ラディ、いぎで、がえっでぎでくれたからっ！」

迷子がようやく母親を見つけたかのように、エルマは俺にすがりつく。

涙を流しながら、しかし口にするのは、迷子を迎える側が口にするような言葉だった。

「おがえり、なざい。おがえり、おがえりなざい、ラディっ！」

「……エルマも、無事でよかった。本当に」

「ラディも、無事でよがっだよぉ！　ずっど、ずっど、言いだがっだの。ありがどう。ボクのみがだでいでぐれで！　生きでいでいって、今も、思わぜでぐれでっ！」

脇目も振らず泣きじゃくるエルマの頭を撫《な》でながら。

俺はようやく、自分が生きるべき世界に戻ってきたのだと実感していた。

◇◇◇

「次にいらっしゃる時は、食料事情ももっと改善されているはずです。その時はかつてカーティスも好物にしていた燻製料理をお出しできるでしょう」

「そいつは楽しみだな」

ロクタールにそう言われて、俺は思わず笑みを浮かべる。

ヴァイルマンの城に乗り込んだ後の展開は、意外にスムーズに進んでいった。

まず、ヴァイルマンが今まで課していた過剰な税を撤廃。

物流を滞らせないため、治安維持を優先することを発表した。

更に今までの統治について国民へ謝罪を行い、失った信頼回復に努めるという。

また、ヴァイルマンの魔術の実験体となった被験者たちは、俺たちが片っ端から治した。

もちろん、ロクタールの力も借りて。

こうした活動は、国王代理に就いたサラドが主導して行われている。

被害者たちへの補償と精神的なケアについても、今後注力していく運びだ。

そうした諸々《もろもろ》の問題を片付けて、ある程度復興の目処《めど》が立った。

そして今、俺たちは旅立とうとしている。

「ロクタールさんはこの後どうされるのです？　別の土地に移るという選択もありますが」

「長らく住んでいる土地ですし、もう少し様子を見ようと思います」

アエリアの言葉に、ロクタールはそう答える。

「それに、サラドとも新たに契約を結び直しましたから。彼もまだ、生まれたばかり。今後為政者として相応《ふさわ》しい振る舞いをしてくれると期待しております」

「守護神から見たら、確かに俺たち人間の寿命なんてそんな尺度に見えるか」

「ところで――」

苦笑いを浮かべる俺の隣で、アエリアが頬を引きつらせながら口を開く。

「どうしてエルマさんが、当たり前のようについてこようとしているのでしょう？」

「にゃにゃ！　酷《ひど》いよアエリアさん！　ボクらはせっかく再会を果たしたというのに。そんなボクらの仲を引き裂こうというつもりなのっ！」

「違いますよ！　あなた、カーティスさんにこの国を見守るように言われていたんじゃありませんか？　それなのに、ボクルオナ王国を離れていいのですか？　後、ラディに抱きつきすぎですよ！　ちょっと離れてくださいっ！」

「大丈夫大丈夫！　カーティスはボクに、ラディを頼む、って言ったんだから。だからボクがラディと一緒にいるのは、なーんにもおかしくないよ！　特にこれからラディたちが魔神十二将を追いかけるって聞いたら、黙って見送るなんてできないのみゃ！」

エルマの言う通りだ。

俺たちは今後の活動方針を、大賢者の意志を継ぐ魔神十二将を追うことと定めた。

元々アエリアをモンスター化させた犯人を捜そうと考えていたのだ。

そしてこの国で、望まぬ隷属を強いられる神やエルマのような存在を知った。

同じような犠牲が出るのを見過ごすことはできないというのは、アエリアのセリフだ。

……俺としても不条理に振り回される人々を見るのは、気分のいいものではないからな。

そう考えている間に、俺の腕からエルマを剝がそうとアエリアが躍起になっている。

「ついてくるだけなら、そんなにラディにひっつかなくてもいいではありませんか！」

「そっちは封印中ラディとイチャコラしてたんでしょ？　だったらこっちではボクを優先させてよずるいよ不公平だよ！　何百年待ったと思ってるのさっ！」

「イチャコラなんてしてません！　毎秒殺伐とした殺し合いの繰り返しでしたよっ！」

「にゃにゃ！　何それ！　怖いみゃっ！」

「悪いなロクタール。そろそろ出発するよ。これ以上留《とど》まると色々と収拾がつかなそうだ」

「賢明ですね。ああ、魔神十二将を追うというのであれば、ここから西方面に向かうのがいいでしょう。ヴァイルマンに接触してきた使いという方は、そちらの方面から来られていたようですから」

「ありがとう、助かるよ」

そう言って俺は鞄《かばん》を背負い直し、歩いていく。

やいのやいのと騒ぐ、女神と化け猫を引き連れて。

封印を解き、この世界に戻ってきた時には全く想像できなかったぐらい。
これから、騒がしい旅路になりそうだ。

終章

夜の帳《とばり》が下りる窓の外で、雷鳴が轟《とどろ》く。

稲光が明かりのついていない部屋へ、一瞬光を満ちさせた。

その一瞬の間に照らし出されたのは、巨大な机に、十二の椅子。

そしてそこに座る、九つの人影だった。

その人影の一つが、口を開く。

「今日は三人欠席か」

一つの闇に、二つの闇が答える。

「策略するアゥルネミと極楽への案内人トールプがいないのはいつものことよ」

「ですが、厄災たるスルーマまで欠席というのは珍しいですね」

すると、今度はどうでもよさそうに、別の影が言葉を零した。

「あ、『束縛せしケネフィチャッフ』試作品第五百七十三番が破壊された」

その言葉に、人影たちは思い思いに言葉を発する。

「第五百七十三番というと、戯れでボクルオナ王国に送ったものではなかったか？」

「ボクルオナ王国ってどこだっけ？　金のこと以外どうでもよすぎて覚えてない」

「あれだろ？　確か、なんとかって奴《やつ》に渡したんじゃなかったか？」

「情報量が全く増えてない。発言の有用性皆無だな」

「あの地の守護神を従えられるか実験として、魔操王？　とやらに渡した、のだっけ？」

その言葉に、いくつかの影が落胆の溜息を零した。

「あぁ、なんか思い出してきた。あれだろ？　一人で神一匹すら御せず、神世魔法にすら到達できなかった小物だ。雑魚雑魚。記憶する価値もないざーこ」

「そのレベルですか。せっかく大賢者様のお知恵の一端に触れられる栄誉を授かれたというのに、嘆かわしい。少しは成果を見せていただきたかったです」

「だが、『壊された』というのは気になるな。整えるものスーレケが作りし魔神具が、一介のモンスターや神、それこそ人間に破壊できるとは思わんが」

「……少し、調査をしてみましょう」

その言葉に、闇が蠢《うごめ》く。

「大賢者様へのご報告は？」

「今の所不要でしょう。わざわざ大賢者様のお手を煩わせる必要はありません」

「それもそうですわね。如何《いか》に不死に近い存在に至られたとはいえ、時間は有限」

「左様。露払いは、我らが行うべきであろう」

「では、今回は誰が動きます？」

すると部屋の中に、忍び笑いが聞こえてくる。

「いるじゃないか。最近働いていない、酔っぱらいの穀潰《ごくつぶ》しが」

「穀潰しとは失礼な。私はただ心地よい耽溺《たんでき》に沈潜して心酔しているだけですよ」

また雷霆《らいてい》を轟かせ、雷が光る。

すると部屋の中に設《しつら》えられている巨大な机の上に、一つの闇が立ち上っていた。

先程の声の主は、この影だ。

その影の口調は、どことなく呂律《ろれつ》が回っていない。

だがその闇に対して、他の影たちは誰も侮るような気配を発してはいなかった。

机の上に立つ闇が、他の影たちに向かってうやうやしく礼をする。

そして名のりを上げるように、こう口にしたのだった。

「偉大なる大賢者様のお手を煩わせる可能性のある輩《やから》には、魔神十二将が一人、酩酊《めいてい》スクッバが、泥酔に狂酔の末、溺れ殺して差し上げましょう」

あとがき

はじめましての方ははじめまして。お久しぶりの方はお久しぶりです。メグリくるです。

新シリーズということで、前作と同じファンタジーものでありながら、ちょっと違った作風になっているのではないかな？　と思っております。

本作は無自覚無双ものではありますが、ちょっとした謎解きみたいな要素もあったりするので、そういった面でも楽しんで頂けると嬉《うれ》しいです。

そしてありがたいことに、なんとシリーズ化も決まっておりまして、二巻についてもそうお待たせせずにお届けできる見込みとなっております。

一巻でも無双していたラディですが、アエリアやエルマと一緒になって、さらなる強敵に挑みます。

新しいキャラクターも登場させて、色々とまたハチャメチャさせる予定ですので、引き続き彼らの活躍も是非楽しみにして頂けると幸いです。

そして私はわりとあとがきが謝辞で埋まってしまいがちなタイプなのですが、シリーズが変わったとしてもどうやらその傾向は変わらないようでして、今回もどうやら謝辞であとがきが埋まってしまいそうです。

　イラストを担当頂いたコダマさん。イラストが届く度に、おぉぅ、という感嘆詞しか出て来なくなりました。本シリーズを通してコダマさんと長くお仕事させて頂けるよう頑張りますので、引き続き二巻、三巻とよろしくお願いいたします。

　続いて、シリーズ立ち上げにご助力頂いた初代担当編集のOさん。いつか飲みに行こう飲みに行こうと言っている間にバトンタッチということで、ここでも改めて言わせてください。いつか飲みに行きましょう。

　そして現在ご担当頂いている編集のOさん。このあとがきを書きながら、そう言えばダブルOさんに支えられてできているのが本シリーズなんだな、と今更ながら気づきました。いつも素晴らしいコメントを頂く度にプロットが格段に良くなります。長くシリーズを続けていけるよう頑張りますので、引き続きよろしくお願いいたします。そしていつか飲みに行きましょう。

　また、本作を世に出すにあたりご協力頂いた編集部の方々、校正さん、その他私の知らない所でご尽力頂いた多くの皆様に改めて多大なる感謝を。

　そして最後になりますが、稚拙な本書を手にとって頂けた読者の皆様に最大級の感謝を捧《ささ》げさせて頂き、あとがきの締めとさせて頂ければと思います。

作品のご感想、
ファンレターをお待ちしています

あて先

〒141-0031
東京都品川区西五反田 8-1-5 五反田光和ビル4階
ライトノベル編集部
「メグリくくる」先生係／「コダマ」先生係

無能と蔑まれた貴族の九男は最強へ至るも、
その自覚がないまま無双する 1

発　行　2024年7月25日　初版第一刷発行

著　者　メグリくくる
発行者　永田勝治
発行所　株式会社オーバーラップ
〒141-0031　東京都品川区西五反田 8-1-5
校正・DTP　株式会社鷗来堂
印刷・製本　大日本印刷株式会社

Printed in Japan ISBN 978-4-8240-0882-4 C0193

オーバーラップ文庫
暗殺者は黄昏に笑う
Assassin Laughs at Twilight
第8回
オーバーラップ
文庫大賞
金賞
少女のために——
世界を殺せ。
かつて医者として多くの人を救ってきた荻野知聡。彼が異世界転生時に授けられたのは、「暗殺者」の天職であった。ある日、そんな彼のもとに持ち込まれたのは子供の変死体。そしてそれを皮切りに頻発する怪事件に、知聡は巻き込まれることになり……？
著 メグリくくる　イラスト 岩崎美奈子
シリーズ好評発売中!!

オーバーラップ文庫
迷宮狂走曲
Maze Rave Adventurer
エロゲ世界なのにエロそっちのけでひたすら最強を目指すモブ転生者
A reincarnated person who is in the world of erotic games
but does not do anything sexual
and just aims to be the strongest adventurer
［とりあえず最強目指すか］
伝説RPGエロゲの世界に転生したハルベルトは、前世のゲーム知識を生かし最強の冒険者を目指すことに！　超効率的なレベル上げでどんどん強くなるのだが、そのレベル上げ方法はエロゲ世界の住人からすると「とにかくヤバい」ようで？　エロゲ世界で「最強」だけを追い求める転生者の癖が強すぎる異世界転生譚、開幕。
著 宮迫宗一郎　イラスト 灯
シリーズ好評発売中!!

オーバーラップ文庫
ハズレ枠の【状態異常スキル】で
最強になった俺がすべてを蹂躙するまで
手にしたのは、絶望と――
最強に至る力
クラスメイトとともに異世界へと召喚された三《み》森《もり》灯《とう》河《か》。E級勇者であり、「ハズレ」と称される【状態異常スキル】しか発現しなかった灯河は、女神・ヴィシスによって廃棄されることに。絶望の奈落に沈みつつも復讐を誓う彼は、たったひとりで生きていくことを心に決める。そして魔物を蹂躙し続けるうち、いつしか彼は最強へと至る道を歩み始める――。
著 篠崎 芳　イラスト KWKM
シリーズ好評発売中!!

オーバーラップ文庫
貞操逆転世界の童貞辺境領主騎士
COMIC GARDO
コミックガルド
にて
コミカライズ!
最強騎士(の貞操)は
狙われている――
男女の貞操観念が真逆の異世界で、世にも珍しい男騎士として辺境領主を務めるファウスト。第二王女ヴァリエールの相談役として彼女の初陣に同行することになったファウストだったが、予期せぬ惨劇と試練が待ち受けていて……!?
著 道造 イラスト めろん22
シリーズ好評発売中!!

オーバーラップ文庫
魔王と勇者の戦いの裏で
ゲーム世界に転生したけど友人の勇者が魔王討伐に旅立ったあとの
国内お留守番(内政と防衛戦)が俺のお仕事です
伝説の裏側で奮闘するモブキャラの
本格戦記ファンタジー、此処に開幕。
貴族の子息であるヴェルナーは、自分がRPGの世界へ転生した事を思い出す。だが彼は、ゲーム中では名前さえないまま死を迎えるモブで……?　悲劇を回避するため、そして親友でもある勇者と世界のため、識りうる知識と知恵を総動員して未来を切り拓いていく!
著 涼樹悠樹　イラスト 山椒魚
シリーズ好評発売中!!

オーバーラップ文庫
あたしは星間国家の英雄騎士！
I am the Heroic Knight of the Interstellar Nation
いつか、あの人みたいな正義の騎士に!!
星間国家の伯爵家で、騎士としての第一歩を踏み出した少女エマ。幼い頃に見た領主様に憧れ、彼のような正義の騎士を目指すエマだけど、初陣で失敗してしまい辺境惑星に左遷されてしまう。その上、お荷物部隊の隊長を押し付けられてしまい……？
著 三嶋与夢 イラスト 高峰ナダレ
シリーズ好評発売中!!

オーバーラップ文庫
Reincarnation to the World of "ERO-GE"
エロゲ転生
運命に抗う金豚貴族の奮闘記
絶望と最強の兆しを手に、
少年は超大作エロゲの
世界を生きる――!
どうあがいてもラストは「死」で幕を閉じる嫌われ者レオルド。そんなエロゲキャラに
転生してしまった俺は、ゲーム知識を駆使して死の運命に抗うことを心に誓う! ……
のだが、ゲームでは攻略不可だったヒロインたちが、俺の周りに集まりはじめ……?
著 名無しの権兵衛 イラスト 星夕
シリーズ好評発売中!!

第12回 オーバーラップ文庫大賞
原稿募集中！
イラスト：片桐
これは、
世界を変える
魔法《ものがたり》
【締め切り】
第1ターン 2024年6月末日
第2ターン 2024年12月末日
各ターンの締め切り後4ヶ月以内に佳作を発表。通期で佳作に選出された作品の中から、「大賞」、「金賞」、「銀賞」を選出します。
【賞金】
大賞…300万円
(3巻刊行確約+コミカライズ確約)
金賞……100万円
(3巻刊行確約)
銀賞………30万円
(2巻刊行確約)
佳作………10万円
投稿はオンラインで！ 結果も評価シートもサイトをチェック！
https://over-lap.co.jp/bunko/award/
〈オーバーラップ文庫大賞オンライン〉
※最新情報および応募詳細については上記サイトをご覧ください。
※紙での応募受付は行っておりません。